Klaus-Dieter Budde

Das Buch
In einem Spargelfeld auf der Stader Geest wird ein Toter gefunden. Es handelt sich um einen Spargelbauern, der schon seit Monaten vermisst wird. Die Leiche ist einem guten Zustand, weil sie offenbar tiefgefroren war. All diese Umstände und auch die späteren Ermittlungen stellen die Stader Polizei vor ein Rätsel.
Parallel zur Kripo ermittelt der Privatdetektiv Bernd Kühl, Ex-Soldat und Hundeliebhaber, in diesem Fall – seinem ersten übrigens. Den Auftrag hatte er von einem anderen Spargelbauern erhalten, der fürchtet, dass er verdächtigt werden könnte, weil der Tote wohl bahnbrechende Züchtungsergebnisse im Spargelanbau erzielt hatte – ein Millionengeschäft.
In enger Zusammenarbeit mit der Kripo betreibt Kühl seine Recherchen und Ermittlungen. Sie führen ihn in die Drogenszene, aber auch zu anderen Spargelanbauern nach Holland. Der Privatdetektiv kommt dabei in manche brenzlige Situation. Am Ende reist er sogar nach Kanada, wo in einer dramatischen Aktion der Täter festgenommen wird…
Die spannende Kriminalgeschichte mit ihren diversen Ermittlungssträngen ist auch eine Geschichte von urigen Typen im Umfeld der Spargelanbauer und von einer intensiven Freundschaft des etwas skurrilen Privatermittlers Kühl und seinem Northern-Inuit-Hound Hellmuth.

Der Autor
Klaus-Dieter Budde, Jahrgang 1956, geboren und aufgewachsen im Landkreis Minden-Lübbecke (Westfalen), hat es durch seine Tätigkeit als Berufssoldat in den Norden verschlagen. 33 Jahre arbeitete er bis zu seiner Pensionierung bei der Bundeswehr. 2015 entdeckte er sein Faible für das Schreiben von Krimis. In seinen Romanen – mit *Der Tote im Spargelfeld* debütiert er beim MCE-Verlag – spiegeln sich aktuelle Themen wider, die in der Geestregion spielen. Klaus-Dieter Budde hat dort seine Heimat gefunden. Der Hundeliebhaber und passionierte Hundetrainer lebt in einem Dorf auf der Stader Geest mit seiner Frau und zwei Hunden.

Klaus-Dieter Budde

Der Tote im Spargelfeld

Kriminalroman

Die Handlung und sämtliche Personen des Romans sind frei erfunden. Jede Ähnlichkeit mit einer lebenden oder verstorbenen Person ist nur zufällig.

Impressum:

Sietwender Straße 73, D-21706 Drochtersen, Tel. 04143/435
Internet: www.mce-verlag.de, Mail: info@mce-verlag.de
1. Auflage Mai 2019

Umschlaggestaltung und Satz: digiscreen, Herwig Baak, Stade
Druck: Clausen & Bosse, Leck
ISBN: 978-3-938097-52-6

Prolog

Hubert van der Ahe setzte die Staubschutzmaske ab und wischte sich den Schweiß von der Stirn. Verdammt warm hier im Gewächshaus.

Nachdem auch der Schutzanzug und die Gummihandschuhe abgelegt waren, wurde erst einmal Teewasser aufgesetzt. Hubert entschied sich für einen herben Ostfriesentee und setzte sich mit einem großen Becher auf seine alte Eichenbank vor dem Haus in die späte Oktobersonne. Ein Pfeifchen dazu war für Hubert Entspannung pur.

Hubert grinste zufrieden vor sich hin: Er hatte es endlich geschafft! Nächste Woche musste er das Ergebnis nur noch für sich registrieren lassen, dann das Produkt meistbietend verkaufen und sein Traum von einem Blockhaus in den kanadischen Wäldern wurde endlich Wirklichkeit.

Heute Abend aber wollte er noch zur Generalversammlung der Stader Saatzucht, einer der größten ländlichen Waren- und Agrargenossenschaften in Deutschland. Er hatte nicht viele Anteilsscheine, aber immerhin konnte man dort auf Kosten der Veranstalter ein paar Kanapees und alkoholische Getränke abgreifen.

Gute Gespräche mit den Landwirten der Gemeinde konnte er nicht erwarten, oft hatte er das Profitgehabe der Bauern und den daraus resultierenden

Umgang mit ihren Tieren lauthals kritisiert. Aber denen wollte er es heute Abend zeigen.

Hubert von der Ahe war mit sich zufrieden. Nach einer landwirtschaftlichen Ausbildung und einem Biologiestudium verwirklichte er sich auf seinem kleinen Bauernhof und verschrieb sich der Weiterentwicklung von Spargelsorten, bisher von den Spargelprofis eher bedauernd belächelt.

Nebenbei betrieb er noch eine Galloway-Zucht. Tierschutz beim Nutzvieh war ein wichtiges Thema für ihn, weshalb er immer wieder aneckte. Aber jetzt, im Alter von 38 Jahren, hatte er es geschafft. Die Galloways waren schon verkauft, und die Veräußerung seiner neuesten Entwicklung war absehbar.

Nun hatte er genug geträumt: Nichts wie unter die Dusche und feingemacht. Die zu erwartende Dividende der Saatzucht war noch einmal ein Ansporn.

Mit seinem E-Bike würde er in gut 30 Minuten in Harsefeld sein.

1. Kapitel
Landvolk unter sich

Die dünn besiedelte Stader Geest ist durch sandige Geestböden, naturbelassene Flussniederungen und Moore geprägt. In der Region wird die Landwirtschaft von Tierzucht, Milchviehhaltung dominiert. Es werden auch häufig Kartoffeln und Spargel angebaut. Vielerorts spielen Windenergie und Photovoltaik zur Gewinnung der sogenannten grünen Energie eine große Rolle. Das Gebiet der Stader Geest wird durch die Bundesstraße 73, einer wichtigen Verkehrsachse zwischen Hamburg und Cuxhaven maßgeblich geprägt. Entlang der „B“, wie die B73 hier gerne genannt wird, haben sich Gewerbebetriebe angesiedelt. Harsefeld, eine der größten Kommunen, befindet sich am Rande der Geest im Randbereich der Elbe.

„Parkplätze“ – Hier war ich richtig. Hellmuth, mein Hund, hatte mich noch etwas aufgehalten, so war ich spät dran und musste mich beeilen, wenn ich den Anfang der Veranstaltung nicht verpassen wollte.

Als ich die Harsefelder Festhalle betrat, hatte der Hauptredner schon angefangen. Ich suchte meinen Platz. Nachdem ich ihn mit der Hilfe eines Gästebetreuers gefunden hatte, ergab ich mich dem Vortrag.

.... statt Dankbarkeit gegenüber den Erzeugern wertvoller Nahrungsmittel zu zeigen, reagiert eine satte Gesellschaft mit immer neuen Vorwürfen und Vor-

schriften. Die moderne Landwirtschaft sorgt dafür, dass es hierzulande jederzeit und in jeder Menge genügend Nahrungsmittel gibt. Ich fordere ein wenig mehr Demut im Umgang mit den Männern und Frauen ein, die tagtäglich dafür sorgen, dass wir alle satt werden. Nach meiner Ansicht gibt es keine Konflikte mit dem Naturschutz ....

Ich versuchte dem Vortrag zu folgen, was nicht einfach war, da ich den Beginn verpasst hatte.

... auch die Saatzucht trägt dazu bei, dass Belange des Umweltschutzes berücksichtigt werden. Dazu zählen nicht zuletzt gezieltere und effektivere Methoden bei Düngung und Pflanzenschutz. Dafür hat sich unser Unternehmen entsprechende moderne Gerätschaften angeschafft wie Düngermischanlagen oder Pflanzenschutzspritzen. Solch innovative Technik wird auch unter dem Aspekt der Digitalisierung in der Landwirtschaft – Stichwort „Smart-Farming" – eingeführt. Die meisten Investitionen, die im abgelaufenen Geschäftsjahr mehrere Millionen Euro betrugen, haben wir wieder einmal im Getreide- und Futtermittelsektor getätigt ....

Hoffentlich ist bei den ganzen Investitionen noch etwas an Rendite übriggeblieben, schließlich bin ich hierhergekommen, um einen satten Gewinn abzugreifen.

.... dabei wird Regionalität großgeschrieben. Getreide, das in der Region angebaut wird, um es zu Futtermittel zu verarbeiten, das in die Region geliefert wird, liegt voll im Trend. Zu diesem Zweck haben wir das firmenei-

gene Mischfutterwerk in Apensen erneut erweitert. Dort werden die Produkte des neuen Mischfutterprogramms „Saatzucht Regio" hergestellt, mit dem die Genossenschaft ihren Beitrag zur mehr Regionalität leistet ….

Ich schaute mich etwas um, für mich war das die erste Veranstaltung dieser Art, denn ich bin erst seit einem halben Jahr Mitglied der Genossenschaft und bin – in der Hoffnung auf gute Gespräche – gerne gekommen.

…. während bei den zwei Großbanken die Wertpapierbesitzer leer ausgehen, schütten wir unseren Mitgliedern eine Dividende von satten drei Prozent aus. Möglich ist das, weil die Geschäfte bei uns gut laufen. Mit den bereits genannten Millionen Umsatz sowie dem hohen Gewinn, den knapp 2.500 Mitgliedern und mehr als 400 Mitarbeitern zählt unser Stader Unternehmen zu den größten ländlichen Waren- und Agrargenossenschaften in Deutschland…

Nach weiteren drei Rednern hatte ich den Eindruck, dass meine Entscheidung, Genossenschaftsmitglied zu werden, wohl nicht so schlecht war: Drei Prozent, das war doch schon mal ganz gut bei den heutigen Zinsen.

Beim anschließenden Beer-Call standen die Teilnehmer noch in kleinen Gruppen zusammen und „arbeiteten" das soeben Gehörte nach. Einige Genossenschaftler waren mir gut bekannt, und ich begrüßte sie per Handschlag oder, wenn sie im Gespräch waren, durch ein erkennendes Kopfnicken.

„Hallo Bernd“, begrüßte mich Jost-Reinfried, ein Spargelbauer auf der Stader Geest.

„Bist du jetzt auch Genossenschaftsmitglied oder wieder einmal auf Recherche?“

„Nein, nein. Recherche findet heute nicht statt, ich genieße heute mal den schönen Abend.“

Wir sprachen kurz über mein Engagement beim „Flüchtlingschor“. Hierbei handelte es sich um Kinder von Asylsuchenden, die unter meiner Anleitung im Hörsaal auf Jost-Reinfrieds Spargelhof Kinderlieder im Chor singen, und ich durfte mit ihnen, wenn die Früchte reif waren, Erdbeeren pflücken. Jost-Reinfried wollte wissen, ob ich im nächsten Jahr wieder dabei wäre. Ich sagte natürlich zu, denn die Sache lag mir schon sehr am Herzen.

Danach schlenderte ich so durch die Reihen, hielt hier und dort ein Schwätzchen, mal oberflächlich, mal intensiver, wie das auf solchen Veranstaltungen so ist.

Weit nach Mitternacht, das eine oder andere Bierchen war schon getrunken, stand ich noch mit ein paar Leuten zusammen. Da waren Hubert von der Ahe, ein etwas kauziger Biologe aus Lühnenspecken, Jost-Reinfried, der Spargelbauer, ein Teil einer Gruppe von niederländischen Landwirten, die sich für das Genossenschaftssystem der Stader Saatzucht interessierten und Gäste der Saatzucht waren, sowie einige Landwirte aus der Umgebung. Hubert hatte schon einiges getrunken und tönte von einer bahnbrechenden Innovation im Spargelanbau, die er in seinem „Hof-Labor“ entwickelt hätte.

Ich hatte genug, auch Huberts Fachchinesisch über die Entwicklung von Spargelsorten konnte mich nicht vom Aufbruch abhalten. Den Wagen würde ich morgen Früh mit Hellmuth abholen.

Ich ließ ein Taxi rufen und fuhr nach Fredenbeck, meinem Zuhause. Fredenbeck liegt zwischen Hamburg und Bremen auf der Stader Geest. Unsere Region ist ländlich geprägt, umgeben von umfangreichen Waldbeständen und Mooren. Das Flüsschen Schwinge und einige Bäche mit ihren großen Wiesenflächen prägen das Umland.

Hellmuth erwartete mich schon mit wedelnder Rute. „Na dann komm her, gehen wir noch eine Runde durch die Gemeinde.“

Hellmuth ist mein Partner, er ist ein Tamaskan-Rüde, vier Jahre alt und einem Wolf sehr ähnlich. Mit einem Stockmaß von 72 cm macht er schon Eindruck. Der Tamaskan ist eine Hunderasse aus Finnland, die gezüchtet wird, um der Urform des Hundes, also dem Wolf, so ähnlich wie möglich zu kommen, ohne die positiven Eigenschaften eines Haushundes zu verlieren. Eigentlich handelt es sich beim Tamaskan um eine Rückzüchtung, bei der aus Haushunden wieder ein wolfsähnliches Tier werden soll.

Der ein oder andere Nachbar hatte am Anfang Probleme damit, dass ich mir einen Hund angeschafft hatte, aber Hellmuth hat mit seiner Art das Eis dann doch schnell gebrochen. Hierzu muss man wissen: Die Menschen hier auf der Geest sind sehr wortkarg. Fremde oder Zugereiste, so wie ich einer bin, haben es sehr schwer, Zugang zu den Einheimischen zu bekommen. Hat man Anschluss bekommen, ist das dann aber verlässlich.

Wieder zu Hause angekommen, ging es dann gleich ins Bett. Ich habe zwar im Moment wenig zu tun, aber morgen will ich meinen Garten auf Vordermann bringen, noch ein paar Tage für meine Abschlussprüfung zum Privatdetektiv büffeln und nach deren Bestehen geht's dann zur Belohnung in den Urlaub.

2. Kapitel
Kalt und Nackt

Montagmorgen, am 3. April: Ich fuhr mit meinem Mountainbike, Hellmuth davor im Zuggeschirr, unsere Trainingsrunde im Eichenhain in Wedel, eine Fünf-Kilometer-Rundstrecke mit wenig Verkehr und – der EU sei Dank – gutem Straßenbelag. Bike-Jöring nennt man diese Zughundesportart, geeignet, Mensch und Hund gut auszulasten.

Die Spargelfelder am Eichenhain standen kurz vor der Ernte, es konnte nur noch wenige Tage dauern. Erste Arbeitsteams waren dabei, die Taschen der Mini-Tunnel-Folie mit Sand zu füllen und die Sturmschäden der letzten Woche zu beseitigen.

An einem kleinen Vogelschutzwäldchen hielt ich an, um Hellmuth die Gelegenheit zu geben sich zu lösen. Ich nahm ihm sein Zuggeschirr ab und gab ihn frei. Sofort lief Hellmuth übermütig über die angrenzende Wiese und versuchte sich in der Rabenjagd. Ein tolles Bild, wie die Tiere sich in der Morgensonne gegenseitig neckten.

Plötzlich hörte ich lautes Geschrei von einem der Spargelfelder. Einer der Erntehelfer kam vom anderen Ende des Feldes wild gestikulierend auf mich zugelaufen. Ich rief sofort Hellmuth zu mir und leinte ihn an, dann liefen wir dem Erntehelfer entgegen. Beim Näherkommen erkannte ich, dass es Pawel war, ein langjähriger Helfer auf dem Spargelhof von Jost-Reinfried.

„Bernd, hast du ein Handy dabei?“, rief er aufgeregt. „Da hinten auf dem Spargeldamm liegt ein Toter.“

Ich sah ihn erstaunt an, aber als ich seinen Gesichtsausdruck und die Angst in seinen Augen sah, wusste ich, dass es so war.

Ich zögerte nicht und rief sofort die Polizeistation in Fredenbeck an. Wilfried Hertig, Polizeioberkommissar, nahm das Gespräch entgegen. Ich schilderte, was passiert sei und wo wir uns befänden. POK Hertig wiederholte meine Angaben und wies mich an, am Fundort der Leiche zu verbleiben.

Sofort lief ich mit Pawel zum Fundort der Leiche. „Pawel, sperrst du bitte das Feld ab und rufst schon einmal deine Leute zusammen, damit hier nicht so viele Spuren kaputtgemacht werden. Ich schau mir mal den Toten an.“

Ich wies Hellmuth einen Platz zu und tastete mich mit Abstand, vorsichtig, ohne eventuell vorhandene Spuren zu vernichten, an die Leiche heran. Da lag sie nun, eine männliche Leiche, bäuchlings und splitternackt auf dem Spargeldamm unter der Mini-Tunnel-Folie. Sie hatte eine seltsam bläuliche Hautfarbe.

Wilfried Hertig war zuerst am Fundort und übernahm sofort die Kontrolle, sperrte alles weiträumig ab und wies mich und die Erntehelfer an, zu warten bis die Kripo aus Stade da war.

Da Hertig als vorschriftentreuer, sehr genauer Polizeibeamter im Ort bekannt war, unterlies ich es, mit ihm über die Art, wie die Leiche dalag, zu sprechen. Aber ich hätte schon gerne gewusst, ob der Tote aus unserem Ort stammte. Weil er auf dem Bauch lag, konnte ich ihn nicht erkennen.

*

21:00 Uhr: Ein schlaksiger Typ, so Ende vierzig, schlenderte auffällig unauffällig durch wohl eines der ältesten niederländischen Dörfer an der Maas: Kessel. Er bewegte sich durch den historischen gemütlichen Ortskern in Richtung Maas. Am Maas-Ufer orientierte sich der Fremde an den Wegweisern zur Burg „De Keverberg“, einer Burgruine, auf der in den Sommermonaten Shakespeare-Stücke aufgeführt werden.

Jetzt war hier niemand zu sehen, die zunehmende Dämmerung ließ an dem dunstverhangenen Maas-Ufer eh keine gute Sicht zu, zumal es nun auch noch zu regnen begann.

„Halt, hier bin ich“, rief jemand aus einer dunklen Ecke der Ruine, „komm hier her, Josef.“

Der „Schlacks“ folgte der Stimme.

„Hast du es dabei?“, fragte er den Schatten an der Wand.

„Ja, ja! Das ist jetzt aber das letzte Mal, dass ich dir Geld gebe, jetzt ist Schluss! Hast du das verstanden?“, drohte der Mann im Schatten.

Josef machte eine abfällige Handbewegung. „Nun mach hier mal nicht den Bekümmerten! Wenn du den

Hof erst hast, fließt der Euro und du bist ein gemachter Mann, da ist es doch nicht mehr als Recht, wenn ich jetzt schon einen Teil vorab haben will."

„Hier nimm und sieh zu, dass dich hier keiner sieht", grollte der „Schattenmann".

Der „Schatten" löste sich bei seinem Rückzug in der Dunkelheit auf. Josef schlich sich wieder durch den Ortskern von Kessel, zurück zu seinem Pkw. Er grinste vor sich hin: „Alles richtig gemacht!", dachte er. Seit ein paar Monaten stimmte das Geld, er musste nur aufpassen, dass er es unauffälliger ausgab.

Josef stieg in seinen neuen Q7 und fuhr über das Autobahnkreuz Knooppunt Zaarderheiken - Venlo-West / Zuid zur A 67 über das Autobahnkreuz Kreuz Münster – Süd, um dann der A 1 bis Sittensen zu folgen.

Bargstedt – jetzt war es nicht mehr weit bis zu seiner Unterkunft. „Unterkunft", dachte er – mehr war das auch nicht, das würde er demnächst ändern.

Unauffällig fuhr Josef auf den Hof von Bauer Öhlberg, seinem Arbeitgeber. Hier hatte er zwei Zimmer mit Duschbad und eine Anstellung als landwirtschaftlicher Helfer. Der Verdienst war nicht hoch, das war üblich in der Branche, aber er hatte sein Auskommen. Mit dem neuen „Zubrot" aus Holland konnte er sich jetzt schon was leisten.

*

„So, nun haben wir alles beisammen", sagte der Sachbearbeiter im Ordnungsamt in Fredenbeck. „Dann darfst du ja endlich offiziell ermitteln und kannst künftig sogar Geld dafür nehmen", unkte er.

Mir war die süffisante Anspielung egal. Endlich hatte ich meine Zulassung als Privatermittler. Und meine Gewerbeanmeldung hatte ich nach Zahlung einer Gebühr nun auch in der Tasche.

„Die IHK kommt in nächster Zeit auch noch auf dich zu", tönte der Sachbearbeiter, nachdem ich die Höhe der Gebühr getadelt hatte. „Da zahlst du dann, und keiner kann dir sagen wofür. Also beklag dich nicht – hier bekommst du wenigstens eine Gegenleistung."

IHK – keinen Schimmer, was die von mir wollen. War mir im Moment auch egal. Ich war happy und wollte nur nach Hause und mit meiner „Detektei" durchstarten.

Zu Hause angekommen, tollte ich erst einmal vor Freude mit Hellmuth herum. Hunde haben ein Gespür dafür, wenn es dem Herrchen gut geht, und auch Hellmuth machte den Eindruck, als spüre er, dass es nun endlich losging.

Privatermittler Bernd Kühl, 54 Jahre alt,
183 cm groß und 85 kg zulässiges Gesamtgewicht,
Allrounder, Ex-Soldat und Hundefreund aus Passion.
Ermittlungen aller Art.

Sollte ich das so auf meiner Homepage stehen lassen? Irgendwie gefiel mir das noch nicht, da musste ich nochmal drüber nachdenken.

Bisher hatte ich manchmal für Freunde und Bekannte ermittelt, Scheidungssachen, Schwarzarbeit oder auch Streitigkeiten unter Nachbarn, mit mehr oder minder großem Erfolg.

Morgen wollte ich zuerst einmal nach Stade, unserer Kreisstadt, um beim Stader Tageblatt eine große Anzeige zu schalten. Mit deren Beratung würde ich bestimmt die richtige Formulierung finden.

Wie soll ich mich beschreiben? Ich bin ein lediger ehemaliger Berufssoldat, der seine soldatischen Erfahrungen im Kosovo, aber auch in Afghanistan in mehreren Auslandseinsätzen gemacht hat. Der als Logistiker zwar nicht an vorderster Front eingesetzt war, aber dadurch viel über Land und Leute mitbekommen hat. Das hat mich geprägt. Unrecht oder Ungerechtigkeiten sowie gesetzloses laxes unsoldatisches Auftreten, auch von Vorgesetzten, sind mir ein Gräuel. So hatte ich früh begonnen, mich mit Recht und Gesetz auseinanderzusetzen, Kameraden in disziplinarischen Angelegenheiten geholfen und versucht, im Einsatz die Ungerechtigkeiten im „Lagerleben" aufzuzeigen. Wohl auch einer der Gründe, warum ich später keinen Einsatz mehr zu machen brauchte. Kurzum: Ich war unbequem, aber gerecht. Dazu tierlieb und hundeversessen. Eine Partnerin hatte es bei mir nie lange ausgehalten, vielleicht, weil ich immer für alle da sein wollte und mit Bindung nicht so viel am Hut hatte. Ich hatte Hellmuth und meine Aufgabe, die Welt ein bisschen besser zu machen. So war ich nun mal, das würde jetzt keiner mehr ändern können.

Ich zog mich um, Fitness war angesagt. Seit geraumer Zeit haben wir in Fredenbeck ein kleines Fitnessstudio. Jeden Dienstag und Donnerstag halte ich mich dort fit.

„Hi, Toni“, begrüßte ich einen mir bekannten Studiobesucher. „Heute mal wieder Eisen schleppen?“, frotzelte ich.

„Hör mir auf, war drei Wochen nicht hier“, stöhnte Toni unter seiner Langhantel. „Das rächt sich jetzt.“

Wir arbeiteten schweigend unser Trainingsprogramm ab und hatten dann erst wieder beim Cool-Down auf den Spinning-Bikes die Gelegenheit miteinander zu sprechen.

„Hast du eigentlich schon gehört, wer der Tote ist, den du da im Spargelfeld gefunden hast?“

Toni arbeitete in Stade bei der Stadt und hatte dort wohl etwas über den „Flur-Funk“ mitbekommen.

„Nein, keine Ahnung, konnte ja auch nicht viel sehen, der lag ja auf dem Bauch und war so komisch verfärbt.“

„Hubert von der Ahe war's, der war noch tiefgekühlt, hat in der Mensa einer von der Gerichtsmedizin erzählt“, berichtete Toni.

„Tiefgekühlt? Wer macht denn so was? - Ich dachte, Hubert ist in Kanada.“

Toni konnte sich das auch nicht erklären.

*

Am Nachmittag joggte ich mit Hellmuth nach Deinste, einer kleinen Gemeinde, die zur Samtgemeinde Fredenbeck gehört. Hier lag das Anwesen von Jost-Reinfried, Spargelbauer, 54 Jahre alt. Jost-Reinfried hatte vor Jahren, nach der Hofübernahme vom Vater, alles auf Spargel- und Erdbeeranbau gesetzt und großen Erfolg damit. Jetzt war er groß im Geschäft.

Bei allem Erfolg war er immer ein fairer Landwirt und Kaufmann geblieben, der auch ein Auge auf die Schwächeren in dieser Gesellschaft hatte. Besonders bei Kindern konnte Jost-Reinfried nicht Nein sagen.

Ich wollte heute meine Termine für den Flüchtlings-Kinderchor absprechen.

Heike, seine Bürokraft, erwartete mich schon. Nach einer halben Stunde hatten wir alle Termine festgeschrieben und auch die neuen Modalitäten im Umgang mit den Kindern erörtert, als die Tür aufging und Jost-Reinfried hereinschaute.

„Bernd, kannst du bitte in mein Büro kommen, wenn du hier fertig bist?“, raunzte er ohne Begrüßung und war auch schon wieder weg.

„Was war denn das?“, fragte ich Heike.

„Ich weiß auch nicht, aber heute Morgen war Polizei in Zivil hier, ich glaube die Kripo aus Stade, seitdem dreht der Chef am Rad“, berichtete sie.

Da ich hier fertig war, ging ich zum Büro von Jost-Reinfried, klopfte an und betrat den Raum nach seiner Aufforderung.

„Bernd, setz dich", forderte er mich auf. Fahrig in seinen Bewegungen schenkte der Spargelbauer uns Kaffee ein, er wirkte nervös und verunsichert. So kannte ich Jost-Reinfried überhaupt nicht.

„Du musst mir helfen: Heute war die Kripo da und hat mich zum Tod von Hubert von der Ahe befragt. Der hat wohl tatsächlich eine Revolution in der Spargelzucht entwickelt."

Jost-Reinfried trank einen Schluck Kaffee und fuhr fort: „Irgendjemand hat Hubert aufgelauert und seine Entwicklungsergebnisse gestohlen."

„Haben die gesagt, wie Hubert ums Leben gekommen ist?", fragte ich dazwischen.

„Nee, da haben die sich sehr bedeckt gehalten", antwortete Jost-Reinfried.

„Ich habe vorhin im Fitnessstudio erfahren, dass der Leichnam noch gefroren war, als man ihn gefunden hat", berichtete ich.

Joost-Reinfried nahm seinen Laptop und schaute in die Wetteraufzeichnungen zu dem betreffenden Ackerschlag.

„Komisch, auf dem Schlag hatten wir tagelang keinen Frost mehr und unter der Tunnelfolie waren es an dem Tag 18° Grad."

Er druckte das Arbeitsblatt mit den Wetteraufzeichnungen aus und gab es mir.

„Ich möchte, dass du dich um die Sache kümmerst, bevor noch jemand auf die Idee kommt, ich hätte damit zu tun. Du weißt ja, die Neider warten nur auf so etwas, um mir mein Geschäft kaputtzumachen."

„Du bekommst alle Unterstützung, die du brauchst!"

Jost–Reinfried hielt mir die Hand hin. Ich überlegte nicht lange und schlug ein. Nun hatte ich meinen ersten Auftrag. Aber, war das nicht eine Nummer zu groß für mich?

Nachdem wir alles besprochen hatten, ging ich, Hellmuth im Schlepptau, nachdenklich nach Hause.

*

Am nächsten Morgen fuhr ich nach Stade, um die Anzeige zu schalten. Wo früher Hanseschiffe entladen worden waren, befinden sich heute einladende Cafés direkt am Wasser. Kleine Läden in den Altstadtgassen verlocken zum entspannten Bummeln. Viele Besucher und Touristen entdecken den Reiz der bezaubernden Hansestadt inmitten der Urlaubsregion Altes Land bei einer der Nachtwächtertouren oder früh morgens bei gutem Sonnenlicht. Dann lebt die Geschichte der Stadt so richtig, allein durch die Wirkung der Gebäude.

Ich ging zum Frühstück ins Café Heyderich. Ich hatte das Café bewusst ausgesucht, da es in der Nähe des Polizeigebäudes lag, in der Hoffnung, dass der ein oder andere Polizeibeamte hier auch frühstückte und ich vielleicht etwas aufschnappen könnte.

Nachdem mir die Bedienung mit einem fröhlichen Lächeln mein üppiges Frühstück serviert hatte, schaute ich mich erst einmal im Café um.

Das Glück schien heute nicht auf meiner Seite zu sein: Handwerker, Rentner und einige Schüler, aber niemand, der annähernd so aussah wie ein Beamter der Polizei.

Ich hatte gerade meine Rechnung beglichen und wollte aufbrechen, als eine Gruppe Männer mittleren Alters zur Tür hereinkam und unmittelbar am Tisch neben mir Platz nahm.

„Ah“, dachte ich, „das ist die Polizei!“ und bestellte mir noch schnell einen Cappuccino. Die Bedienung schaute mich verwirrt an, denn ich hatte ja gerade bezahlt.

Das Glück war bei mir, die Beamten waren richtig in Plauderlaune. Ich erfuhr, dass der leitende Beamte Kriminalhauptkommissar Schmittmeyer war und dass der Tod von Hubert von der Ahe wohl längere Zeit zurücklag. Man vermutete, dass der Fundort nicht der Tatort war. Auch mit der Todesursache hatte die Gerichtsmedizin wohl so ihre Schwierigkeiten, weshalb der Leichnam in die Gerichtsmedizin nach Hannover überführt werden sollte.

Ich beschloss, mich einmal bei Hubert zu Hause auf seinem Hof umzusehen, um mir ein Bild von seinen Lebensumständen zu machen.

3. Kapitel
Recherche, Recherche

Ich stellte meinen Wagen etwa fünfhundert Meter von Huberts Hof ab, nahm Hellmuth an die Leine und schlich mich unauffällig an das Anwesen heran.

Der Hof lag sehr abgelegen an einem alten Marktweg inmitten der Natur, direkt neben einem kleinen Wäldchen. Ein Idyll, wenn da nicht ein Toter wäre.

Ich beschloss, da vor dem Haus noch Aktivitäten der Polizei zu sehen waren, mich mit Hellmuth von der Waldseite an den Hof anzunähern. Von einem Hochstand der Jägerschaft beobachtete ich das Treiben der Polizei auf dem Anwesen. Hellmuth hatte ich unter dem Hochstand an einem Dickicht abgelegt. Es wurden Unmengen von Pflanzen in Plastiksäcke verpackt und mit einem Kleintransporter der Spurensicherung abtransportiert. Spargelpflanzen waren das nicht.

Ich machte ein paar Fotos und wollte gerade den Hochstand verlassen, als jemand die Leiter hochkletterte. Er setzte sich neben mich auf die kleine Bank, schaute zum Hof hinüber und schwieg erst einmal.

„Schmittmeyer", stellte er sich dann vor. „Ermittlungsleiter der SoKo Spargel, und wer bitte sind Sie?"

Ich war völlig perplex und auch verwundert, dass Hellmuth nicht angeschlagen hatte.

„Ich bin Bernd Kühl, Privatermittler", beantwortete ich seine Frage.

„Was treibt Sie hierher und für wen ermitteln Sie?“

Ich dachte mir, dass es wohl besser sei, mit offenen Karten zu spielen, und berichtete von meinem Auftraggeber und seinen Existenzängsten, wenn er mit dem Tod von Hubert von der Ahe in Verbindung gebracht würde.

„Ok, dann sag ich Ihnen jetzt einmal etwas: Wir haben die Vermutung, dass von der Ahe, der hier unter anderem eine Hanfplantage betrieb, von Leuten aus dem Hamburger Drogenmilieu ermordet wurde.“

Hubert und Drogen, das konnte ich mir nicht vorstellen, aber die Anbaumenge ging wohl über den üblichen Eigenbedarf hinaus.

„Und wie ist Hubert ums Leben gekommen?“, fragte ich.

„Das wissen wir ehrlich gesagt noch nicht. Was wir wissen ist, dass von der Ahe hier in einer Kühltruhe über Monate „aufbewahrt“ wurde. Wie er dann zum Spargelfeld gekommen ist, konnten wir noch nicht ermitteln, da nach so langer Zeit die Spurenlage ziemlich mau ist.“

Schmittmeyer machte auf mich einen eher hilflosen Eindruck, was aber auch eine Masche sein konnte, um unterschätzt zu werden. Sein offenes Ohr mir gegenüber und die Preisgabe von einigen Ermittlungsergebnissen waren untrügliche Zeichen dafür, dass die Polizei derzeit im Trüben fischte.

Nachdem er meine Ausweispapiere und die Zulassung als Privatermittler überprüft hatte, kümmerte ich mich erst einmal um Hellmuth. Der war nirgendwo zu sehen. Das hatte mir noch gefehlt, einen ausgebildeten Suchhund zu suchen! Gut, dass mein Hundetrainer das nicht mitbekam.

Zweihundert Meter vom Hochstand entfernt sah ich ihn dann knurrend vor einem toten Marderhund stehen.

„Aus, komm her." Hellmuth gehorchte sofort und kam unterwürfig auf mich zu, er wusste schon, dass er etwas falsch gemacht hatte.

Der tote Marderhund zeigte schon erste Anzeichen von Verwesung, was mich beruhigte: So konnte ich sicher sein, dass Hellmuth nicht wieder auf der Jagd gewesen war.

Aber was war das? Unweit vom Marderhund lag eine Tasche, sie war sehr verschmutzt und lag hier bestimmt schon einige Monate im Wald. Ich öffnete sie vorsichtig mit der Fußspitze und stellte fest, dass der Inhalt noch sehr passabel aussah. Zwischen Herrenwäsche und Kulturtasche befand sich unter anderem auch ein Fotoalbum. Ein kurzer Blick und ich erkannte die Brisanz meines Fundes.

Ich lief zum Auto, holte einen Plastiksack und verstaute die Tasche samt Inhalt darin.

So hatte Hellmuths Ausflug nun doch noch einen Sinn.

Am Abend in meinem Büro säuberte ich das Fotoalbum, so gut es ging, machte es mir vor dem Ofen bequem und schaute bei einem Glas Rotwein die Fotos an.

Es waren frivole Fotos bis hin zu obszönen Aktfotos von Hubert von der Ahe und unbekannten Frauen und – man staune – auch Männern. Hubert und bisexuell – das wusste bestimmt keiner. Dass er hin und wieder mal ein Pfeifchen geraucht hatte, war wohl bekannt, aber dass er bisexuell war und mit Rauschmitteln gehandelt hatte, das war neu.

Ich beschloss, mich einmal intensiver umzuhören, um vielleicht mehr zu erfahren.

*

Ich hatte nun schon seit Tagen recherchiert, aber keiner wusste etwas über die sexuellen Vorlieben von Hubert von der Ahe. Jost-Reinfried, dem ich gerade Bericht erstattete, fiel aus allen Wolken, als ich ihm davon erzählte.

„Frag doch mal Vadim Poz, meinen polnischen Vorarbeiter, der ist vor vier Wochen gekommen, um die Saison vorzubereiten. Vadim müsste auf seiner Bude sein, macht gerade Mittagsstunde", empfahl er mir.

„Das kann ich versuchen", entgegnete ich.

„Vielleicht ist Mika ja auch dort, dann kann ich mit ihm auch sprechen, wenn du nichts dagegen hast?"

„Was sollte ich dagegen haben, du hast hier freie Hand. Die Vorarbeiter sind beide informiert und haben – soweit ich weiß – auch die Erntehelfer, die schon da sind, informiert."

Auf dem Spargelhof war ein reges Treiben. Lieferanten, Monteure und Erntehelfer aus Polen für die Spargelernte und aus Rumänien für die Beerenernte sowie Verkäuferinnen, die an einer Schulung auf dem Hof teilnahmen, wuselten durcheinander.

Ich suchte den Vorarbeiter-Container von Vadim Poz auf. Nachdem ich mehrmals geklopft hatte, öffnete Vadim die Tür. So, wie er mich ansah, war es wohl keine so gute Idee gewesen, ihn während der Mittagsstunde zu wecken.

Vadim Poz war ein Muskelprotz mit durchschnittlichem Intellekt, 52 Jahre alt, großkotzig und bei seinen Arbeitern unbeliebt wegen seiner harten Entscheidungen, wenn mal einer nicht so wollte, wie er sich das vorstellte.

„Moin Vadim, kann ich dich mal sprechen, ist sehr wichtig!", sagte ich schnell, um ihn zu beschwichtigen.

Vadim nestelte in seiner Tasche, holte ein Brillenetui heraus und setzte dann umständlich eine total verschmierte Brille auf.

„Ach, Bernd, du bist das, der Chef hat mich schon informiert."

Jetzt sah ich erst, wie kurzsichtig Vadim war.

„Komm, gehen wir in die Kantine und trinken einen Kaffee zusammen", knurrte er in seinen Bart und ging schnurstracks in die Betriebskantine. Ich hatte Mühe ihm zu folgen.

„Was willst du von mir?", fragte er dann schon etwas freundlicher, nachdem wir unseren Kaffee hatten. Wir hatten keinen bestellt, aber das Personal hatte solch einen Respekt vor Vadim Poz, dass der immer sofort Kaffee bekam.

Ich schilderte, was ich herausgefunden hatte über Hubert von der Ahe und war erstaunt, dass Vadim keine Regung zeigte, als ich ihm erzählte, dass Hubert es auch mit Männern getrieben habe.

„Bernd, das ist nichts Neues. Letztes Jahr habe ich Hubert mit einem meiner Arbeiter hinten bei den Weiden erwischt. Der hatte sich an Hubert verkauft. Das lief wohl schon länger so. Den habe ich dann sofort nach Polen zurückgeschickt, so einen kann ich hier auf dem Hof nicht gebrauchen", erzählte er mir.

„Weißt du denn, ob Hubert eine feste Beziehung hatte?", fragte ich Vadim, was er verneinte.

„Aber frag doch mal Mika, der hat Geschäfte mit Hubert gemacht, wenn du verstehst, was ich meine", sagte er noch.

Wir unterhielten uns noch ein bisschen über die zu erwartende Spargelernte und darüber, dass der Betrieb immer größer wurde. Danach verabschiedete ich mich von Vadim und spurtete los, um Mika Solawski, den rumänischen Vorarbeiter, zu erwischen.

Mit Mika hatte ich oft zu tun, wenn ich mit den Flüchtlingskindern in seinen Erdbeertunneln unterwegs war. Mika war nicht begeistert von den Aktionen, weil die Kinder natürlich hier und da mal eine Pflanze beschädigten oder auch angebissene Erdbeeren zwischen den Pflanzen liegen ließen.

Sonst hatte ich ihn als ehrliche Haut kennengelernt, der zwar ein harter Hund war, aber mit Herz. Im Gegensatz zu Vadim war er beliebt bei seiner Truppe.

Da stand er: Mika Solawski, 34 Jahre alt, ein drahtiger, gut durchtrainierten Kerl. Er war gerade dabei, seine Arbeiter einzuteilen. Da es noch zu früh war für die Erdbeeren, übernahmen die rumänischen Erntehelfer das Folienmanagement auf den Spargelfeldern: Wenn die Sonne zu stark ist, wird die Folie so gedreht, dass das Weiße nach oben zeigt, um das Wachstum zu verzögern. Da es heute aber eher kalt war, wurde neuer Spargel gepflanzt.

Nachdem Mika alle Arbeiter angewiesen hatte, drehte er sich zu mir um und grinste mich an.

„Zu früh fürs Erdbeerenpflücken", sagte er.

„Nein, nein", entgegnete ich. „Ich möchte dich in einer anderen Sache sprechen."

„Um was geht's denn?", fragte Mika.

Ich schilderte ihm, was ich über Hubert gehört hatte und bat um seine Mithilfe.

„Oh, da kann ich dir gar nichts sagen, mit Hubert habe ich so gut wie keinen Kontakt gehabt. Außerdem kümmere ich mich um meine Arbeit, da bleibt keine Zeit für anderes", sagte er freundlich.

„Ich habe gehört, dass du mit Hubert Geschäfte gemacht hast“, sagte ich abwartend, ohne meine Quelle preiszugeben.

„Was soll das denn jetzt? Unterstellst du mir krumme Geschäfte?“, empörte er sich. „Es ist wohl besser, wir beenden das Gespräch“, schimpfte er und wendete sich abrupt ab. Er stieg grußlos in seinen Sprinter und fuhr sehr verärgert davon.

Da hat aber jemand etwas zu verbergen, dachte ich. Sein Verhalten bestätigte jedenfalls die Aussage von Vadim Poz. Mika Solawski hatte Dreck am Stecken, ich musste nur noch herausfinden, ob das in Zusammenhang mit dem Tod von Hubert von der Ahe stand.

Am nächsten Morgen ging ich mit Hellmuth zuerst in die Hundeschule. Seit gestern wusste ich, dass ich noch etwas für den Grundgehorsam machen musste.

Maria, unsere Trainerin, referierte dann erst einmal zum Thema Grundgehorsam, als ich den gestrigen Ungehorsam vor der Gruppe schilderte. Die Ausbildungsstunde ging dann aber doch sehr kurzweilig zu Ende.

Beim anschließenden Kaffee im Pfotensaloon erzählte Linda, ein Mitglied unserer Ausbildungsgruppe, von einem komischen Gast, den sie im Herbst im Rahmen einer Städte-Partnerschaft bei sich untergebracht hatte.

Der Gast, so Linda, hatte wohl mit mehreren Landsleuten an der Generalversammlung der Saatzucht teilgenommen und wollte eine Woche bleiben, um sich mit den Landwirten der Region auszutauschen. Am zweiten Tag, gleich nach der Versammlung, war er morgens gegen vier Uhr Hals über Kopf abgereist. Da er bezahlt hatte, machte Linda sich keinen Kopf, strich das Geld ein und freute sich.

Ich wurde hellhörig und wollte von Linda wissen, wer der Herr denn war und mit welchem Ort die Städte-Partnerschaft bestand.

„Jooris van Schouten hieß der, ist Spargelzüchter und Spargelbauer aus Kessel in den Niederlanden", sagte Linda zu mir.

Bei mir gingen die Alarmglocken an. Ich machte mir Notizen und ließ mir von Linda ihre Telefonnummer geben, falls ich noch Fragen haben sollte.

*

Zwei Tage später am frühen Morgen machte ich mich mit Hellmuth erneut auf den Weg nach Lühnenspecken. Dieses Mal ging ich zu Fuß, so konnte ich den Fall noch einmal in Ruhe rekapitulieren, und Hellmuth hatte so auch gleich seine Auslastung für heute. Heute hatte ich Hellmuth im Dog-Trekking-Geschirr, einem Hundegeschirr mit Bauchgurt und Expander-Zugleine. So hatte ich die Hände frei und konnte Fotos machen.

Nach 45 Minuten näherten wir uns der Hofstelle von Hubert von der Ahe. Heute war alles ruhig, die Kripo hatte das Feld nach Abschluss der Ermittlungen geräumt. Allerdings stellte ich fest, dass alle Türen mit einem amtlichen Polizeisiegel versehen waren. Türen, dachte ich, und überprüfte die Fenster. Ich hatte Glück, offensichtlich hatte man übersehen, dass ein Fenster nicht richtig verschlossen war. Ich öffnete es und stieg vorsichtig ein. Hellmuth konnte ich zu einem Sprung über den Fenstersims animieren, so konnte er wenigstens nicht wieder eigenmächtig auf Erkundung gehen.

Zuerst schaute ich mich im Wohnzimmer um, aber hier hatte die Spurensicherung ganze Arbeit geleistet: Alles war durchsucht worden. Hier noch Hinweise zu finden, erschien aussichtslos.

In einem Raum, der wohl eine Mischung aus Büro und Labor war, wurde ich dann nach geraumer Suche fündig: Ich hielt einen Mietvertrag für das Gewächshaus Nummer 3 in den Händen. Laut Vertrag war das Gewächshaus an einen Harburger vermietet. Strom und Wasserkosten wurden demnach über autarke Zähler vom Mieter selbst mit den Versorgungsunternehmen abgerechnet.

Ich schaute mir auf einem Lageplan der Hofstelle, der an einer Pinnwand im Büro hing, die Aufteilung der Gewächshäuser an: Es gab vier Gewächshäuser. Eins wurde für das Pikieren der Spargelsaaten genutzt, das zweite nutzte Hubert offensichtlich zur Aufzucht von Gemüse und Kartoffeln für den Eigenbedarf, drei war vermietet und im vierten wurden die vorgezogenen Spargelpflanzen bis zur Ernte gebracht. Das Gewächshaus Nummer drei war das, wo die Kripo die Cannabispflanzen gefunden hatte.

Interessant bei diesen Aufzeichnungen war auch, dass im Gewächshaus Nr. 4, in dem die Spargelbeete angelegt waren, die Spargelpflanzen in acht aufeinanderfolgenden Jahren – und das war die Überraschung – immer wieder überpflanzt worden waren.

Dass man Spargel nicht zweimal an die gleiche Stelle pflanzen soll, ist eine bekannte Regel. Spargel gilt als mit sich selbst unverträglich, das heißt, wenn man Spargel auf eine Fläche pflanzt, auf der zuvor schon Spargel gewachsen ist, verkümmert die nächste Pflanzengeneration. Das liegt daran, dass Spargel eine Substanz in den Boden abgibt, mit der er sich selbst schädigt.

Wenn ich den Aufzeichnungen an der Pinnwand glauben wollte, hatte Hubert von der Ahe wohl eine nachbauverträgliche Spargelsorte so weiterentwickelt, dass sie ohne Ertragsverlust auf den Altspargel-Feldern gepflanzt werden konnte. Und sogar die artspezifischen Krankheiten, wie z. B. Fusariose, traten nicht mehr auf. Wenn das so stimmte, hatte Hubert eine herausragende Spargelsorte entwickelt. Das wäre bahnbrechend im Spargelanbau. Die Spargelbauern würden mit der neuen Sorte immense Kosten einsparen. Nun wusste ich auch, warum Hubert damals im Oktober bei der Generalversammlung der Stader Saatzucht so rumgetönt hatte.

Hoffentlich hatte ihn das nicht das Leben gekostet, hier ging es schließlich um Millionenbeträge.

Ich nahm den Mietvertrag für das Gewächshaus an mich, fotografierte die Aufzeichnungen an der Pinnwand und verließ das Haus über den gleichen Weg, den ich gekommen war. Ich verschloss das Fenster und machte mich auf den Weg nach Hause.

Jetzt hatte ich es eilig, denn ich erinnerte mich an das Gespräch vorgestern mit Linda. Da war doch ein Holländer, der auch in die Spargelzucht involviert war. Das schien mir verdächtig. Ich musste unbedingt nochmal mit Linda sprechen.

4. Kapitel
Alles beginnt von vorn

Kessel war eine Gemeinde in der niederländischen Provinz Limburg. Sie wurde im Januar 2010 mit Helden, Maasbree und Meijel zur neuen Gemeinde Peel en Maas zusammengeschlossen.

Das kleine Hotel „Design Het Raadhuys“ fand ich direkt am Ufer der Maas. Ich hatte schon von meinem Büro aus im Internet gebucht. Es sah noch ansprechender aus als gedacht. Ich war begeistert. An der Rezeption ging alles sehr zügig, ich zahlte im Voraus für drei Tage und ging mit Hellmuth zuerst einmal in mein Appartement.

Nachdem ich die Reisetasche ausgepackt und den Platz für Hellmuth hergerichtet hatte, öffnete ich die Terrassentür. Ich war überwältigt vom atemberaubenden Blick auf die Maas.

Einen ersten Eindruck von Kessel konnte ich bei der Gassi-Runde mit Hellmuth gewinnen. Es dauerte bei ihm in fremder Umgebung erfahrungsgemäß immer etwas länger, bis er sich löste.

Ich ging zurück zum Hotel, brachte Hellmuth ins Appartement und begab mich ins Restaurant, um Mittag zu essen. Nachdem ich gestern noch mit Linda telefoniert hatte, war ich heute schon um fünf Uhr losgefahren und hatte nur ein pappiges Käsebrötchen und einen Kaffee von der Tankstelle zum Frühstück gehabt.

Ich wählte einen Frühlingssalat vorweg, dann den von der Bedienung empfohlenen Zuurkool Stamppot, ein beliebtes holländisches Eintopfgericht. Es besteht aus gestampften Kartoffeln und Sauerkraut. Zu diesem deftigen Gericht wurde Rauchwurst gereicht. Als Leckerli zum Abschluss gab es Poffertjes, die in der Pfanne serviert wurden. Die süßen Hefeteilchen wurden mit einer dicken Schicht Puderzucker und geschmolzener Butter gereicht. Etwas für echte Süßmäuler.

„Und was treibt Sie so früh im Jahr in unsere schöne Gemeinde?", fragte mich der Leiter der Hotelanlage.

„Ach, ich bin dabei, Trekking-Touren für Menschen mit Hund für den Herbst zu erkunden", log ich ohne rot zu werden.

„Ah, dann machen Sie also Dog-Trekking-Touren", strahlte er mich an. Offensichtlich hatte ich hier einen Liebhaber der eher seltenen Sportart Dog-Trekking getroffen.

„Ja, ich mache das schon geraume Zeit und organisiere für eine Hundeschule diese Touren." Dieses Mal hatte ich nicht geflunkert, denn das war tatsächlich eine meiner Passionen bei der Arbeit mit Hunden.

„Ja, dann wünsche ich Ihnen einen schönen Tag. Wenn Sie Fragen zu unserer Region haben, stehe ich Ihnen gerne zur Verfügung", bot er sich an. Ich bedankte mich und bin dann auch gleich mit Hellmuth losgewandert.

Zuerst schaute ich mich im historischen Ortskern um, danach orientierte ich mich entlang der Maas in Richtung einer alten Burgruine. Herrlich, es war ein schöner Sonnentag. Nachdem sich der Dunst aus den Flussniederungen aufgelöst hatte, konnte man die ganze Schönheit der Gegend um Kessel genießen. An der Burgruine machten wir eine kleine Rast, ich wässerte den Hund und trank selbst ein Amstel. So würde ich nicht weiterkommen! Ich beschloss, nach diesem Spargelzüchter zu suchen. Vielleicht hatte ich ja Glück, und jemand kannte ihn und wusste, wo seine Hofstätte war.

„Jooris van Schouten? Der hat seine Hofstelle etwa sechs Kilometer in Richtung nach Roermond, außerhalb von Rijkel, am Kerkweg", berichtete mir die freundliche Verkäuferin eines Obst- und Gemüsehandels am Ortsrand von Kessel.

Nach einem langen Tag der unauffälligen Fragerei hatte ich endlich, was ich wollte. „Hat Jooris noch seine Spargelaufzucht?" Ich tat so, als ob Jooris van Schouten ein alter Bekannter von mir wäre, erhoffte mir, auf diese Weise etwas mehr über ihn zu erfahren.

„Ja, ja, das macht er wohl noch, aber sein Schwerpunkt ist wohl doch der Anbau. Spargelsorten gibt es auch genug, was will er da noch züchten?", meinte die gute Frau.

Ich hakte nach: „Kann man mit der Zucht nichts mehr verdienen?"

„Doch, das wohl schon, aber das ist das Geschäft der großen Aufzuchtstationen, dafür ist van Schouten viel zu klein. Er hat da wohl vor Jahren schon den Anschluss verpasst", wusste sie zu berichten.

Ich hatte vorerst genug gehört, kaufte mir noch ein paar Äpfel und ging dann müde aber zufrieden in mein Quartier zurück.

„Na, sind Sie fündig geworden? Haben Sie schöne Strecken für Ihre Tour gefunden?", begrüßte mich der Hoteldirektor.

„Ja schon, ist ja auch sehr schön hier", lobte ich den Ort. „Aber morgen möchte ich nochmal auf der anderen Seite der Maas nach Rijkel, da soll ein großes Waldstück mit einer Freizeiteinrichtung sein."

„Rijkel, ja da ist so eine Freizeitanlage, sehr kommerziell, wenn Sie verstehen, was ich meine. Ich rate Ihnen, da genau hinzuschauen, denn ein Aufenthalt dort kostet bestimmt das Doppelte bei sehr viel schlechterem Komfort", ließ er mich wissen.

„Ich bin hier sehr zufrieden, und wenn ich hier Touren anbiete, dann nur, wenn ich mit meinen Leuten bei Ihnen unterkomme", beruhigte ich den Direktor.

Damit gab er sich dann zufrieden, und ich konnte noch in Ruhe ein Amstelbräu vom Fass und einen De Kuyper Jenever trinken, bevor ich mich in mein Appartement zurückzog.

*

Nachdem ich die Maas überquert hatte, fand ich relativ schnell nach Rijkel. Den Kerkweg hatte ich nach zweimaligem Nachfragen dann auch schnell erreicht. Mein Navigationsgerät hatte sich an der deutsch-niederländischen Grenze abgemeldet. Europa ist bei den Herstellern dieser Orientierungshilfen wohl noch nicht angekommen.

Ich hatte mir gestern Abend noch eine Strategie zurechtgelegt, wie ich an den Spargelzüchter herankommen wollte. Also fuhr ich auf den Hof und ging zuerst einmal in den betriebseigenen Hofladen. Hier lagen die gängigen Spargelsorten in verschiedenen Qualitäten in der Auslage, Grolim, Baklim, Gijnlim und auch schon der erste Grünspargel waren im Angebot.

„Guten Morgen", begrüßte ich die junge Frau an der Verkaufstheke. „Ich möchte gerne den Chef, Herrn Jooris van Schouten, sprechen."

Die junge Frau schaute mich etwas irritiert an.

„Herr van Schouten befindet sich nicht auf dem Hof, er ist seit Monaten in der Rehabilitation in Zolder", berichtete sie.

„Oh, ist Herr van Schouten krank? Was ist passiert?", fragte ich, neugierig geworden.

„Er hat den Tod seiner Frau im Oktober letzten Jahres nicht verarbeiten können, hat sich große Vorwürfe gemacht, weil er nicht da war, als sie gestorben ist", berichtete sie ergriffen.

„Doch er konnte ja nicht wissen, dass seine Frau einen Verkehrsunfall haben würde, als er nach Deutschland gefahren ist", schilderte sie die Umstände.

„War das Ende Oktober und Herr van Schouten war in Stade bei der Saatzucht zu Gast?", hakte ich nach.

„Ja genau, er ist da wohl Hals über Kopf abgereist, ist dann aber eine halbe Stunde zu spät gekommen. Seine Frau war da schon gestorben."

Ich bedankte mich nachdenklich und fuhr unverrichteter Dinge wieder in mein Quartier.

Diese Spur war kalt, also alles wieder auf Anfang.

Sonntags fuhr ich dann wieder zurück nach Fredenbeck. Ich musste den Fall noch einmal überdenken, mich nicht gleich spontan in eine Richtung festlegen.

*

„Carl-Neuberg-Str. 1, hier ist es", sagte der Kriminalbeamte zu dem Fahrer des Bestatters. Mittlerweile waren sie schon etwa drei Stunden unterwegs, gegen acht Uhr waren sie in Stade-Ottenbeck beim Institut für Rechtsmedizin in der Ferdinand-Porsche-Straße losgefahren. Kleine Verkehrsbehinderungen und ein kurzer Stau in Soltau hatten die Ankunft in Hannover um eine Stunde verzögert.

„Hoffentlich meckern die nicht wieder rum", antwortete der Fahrer.

„Ach, die werden schon Verständnis haben, die wissen doch um die Verkehrsverhältnisse hier rund um Hannover."

Nach der Expo hatte es ja so ausgesehen, als wenn das Verkehrsproblem gelöst worden wäre. Aber bei der Zunahme des Verkehrs in den letzten Jahren hatte sich das schon wieder überholt, manchmal fehlt es den Politikern und Verkehrsplanern eben doch an Weitsicht.

Der Beamte zeigte seinen Ausweis am Einlass, und sie konnten passieren.

Da die Stader Pathologen sich nicht einig waren, sollte die Rechtsmedizin Hannover nochmals den Leichnam von Hubert von der Ahe untersuchen. Die Staatsanwaltschaft in Stade versprach sich dadurch neue Erkenntnisse in dem Fall, der momentan etwas festgefahren schien.

Die hannoverschen Rechtsmediziner hatten dann auch sehr schnell ein anderes Ergebnis vorzuweisen als die Stader Pathologen: Hubert von der Ahe war an einer Spargelallergie gestorben. Auslöser der Spargelallergie sind bestimmte Proteine auf der Oberfläche der Pflanzenzellen. Werden die Immunreaktionen nicht rechtzeitig erkannt und behandelt, können sie lebensbedrohlich werden.

Die Überreaktion, wie Schluckbeschwerden und Atemnot, treten gleich nach den ersten Bissen auf. Andere Reaktionen des Immunsystems, wie Hautausschlag, entwickeln sich mit einigen Tagen Verzögerung.

Den Kontakt mit dem Spargel hat man erzwungen, so die Spurenlage am Körper des Toten. Er ist qualvoll erstickt. Der Erstickungstod muss sich über Stunden hingezogen haben. Da nur eine kleine Menge Spargel im Magen war, gehen die Rechtsmediziner davon aus, dass Hubert Spargelwasser über einen Tropf zugeführt wurde.

Nach seinem Tod wurde der Leichnam in einer Kühltruhe tiefgefroren. Die Liegezeit in der Truhe wurde, wie auch schon von den Stader Pathologen vermutet, auf fünf bis sechs Monate taxiert. Die bläuliche Verfärbung der Hautoberfläche war auf den Gefriervorgang zurückzuführen.

Hinsichtlich der Cannabispflanzen, die gefunden wurden, konnte man aber mit Sicherheit sagen, dass von der Ahe keine Drogen zu sich genommen hat.

Die Ermittler gehen davon aus, dass der Täter zurückkam und den Leichnam auf dem Spargeldamm platziert hat. Aber warum?

*

Ich kam völlig frustriert aus Holland zurück. Hatte ich mich verrannt? War ich wirklich einer falschen Spur nachgegangen? Ich konnte es nicht glauben und nahm mir vor, alles noch einmal Punkt für Punkt durchzugehen.

Zunächst telefonierte ich mit KHK Schmittmeyer, um Neues zu erfahren, aber außer dem Ergebnis der erweiterten Obduktion in Hannover und der Theorie der Ermittler, dass der Täter, aus welchen Gründen auch immer, den Toten nach Monaten „umgebettet“ haben sollte, fischten die auch im Trüben.

Ich faxte ihm den gefundenen Mietvertrag mit dem Hinweis, dass man ja vielleicht aufgrund des Stromverbrauches feststellen könnte, wann die „Hanfplantage“ in Betrieb gewesen war.

Natürlich sagte ich nicht, dass ich in das Wohnhaus von Hubert eingestiegen war. Auch berichtete ich nicht von meinem Hollandbesuch, denn diese Peinlichkeit wollte ich mir ersparen.

Ich saß vor meiner Recherchewand und schaute mir alle bisher ermittelten Fakten noch einmal an, dann nahm ich die gefundenen Fotos aus der Fundtasche unter die Lupe.

Ich versuchte, den handelnden Personen auf den Bildern Namen zuzuordnen.

Das ist doch Jupp Hitzelsberger, dachte ich, landwirtschaftlicher Helfer bei Bauer Öhlberg. Er war Schweizer, Ende 40 und galt als nicht ganz so helle. Den hatte ich letztens noch gesehen, als ich aus Holland zurückkam, auf dem Autobahnrasthof in Sittensen.

Ich hatte mich gewundert, dass er mit dem Q7 seines Chefs unterwegs gewesen war. Ich würde dem meinen Q7 nicht geben, wenn ich einen hätte.

„Den muss ich demnächst sprechen!“, dachte ich. Da ich sowieso einen Termin bei Bauer Öhlberg hatte (er wollte mir seinen neuen Offenstall mit Melkkarussell und allem Pipapo einmal zeigen), konnte ich das ja für ein unverfängliches Gespräch mit Jupp nutzen.

Die anderen Bilder zeigten noch andere junge Männer und auch Frauen, die ich nicht kannte, bis auf eine Polin, die bei Jost-Reinfried als Sortiererin arbeitete und von der die Gerüchteküche behauptete, dass sie gegen das richtige Geld nichts anbrennen ließ.

Ich nahm Hellmuth ans Fahrrad und fuhr nochmal nach Lühnenspecken. Dort konnte ich mich vielleicht gedanklich besser an den Fall herantasten.

Nach Ankunft ließ ich Hellmuth auf dem Hof herumsuchen. Hier konnte er nicht weglaufen, denn der Hof war komplett von einer hohen Mauer umgeben. Meine Konzentration lag zuerst bei den Außenanlagen. Hier waren die vier Gewächshäuser, dann eine große Scheune und ein kleiner unscheinbarer Anbau ans Wohnhaus, der aussah, als wäre das früher einmal ein kleines Backhaus gewesen.

Da ein offenbar stark frequentierter Trampelpfad zu dem Anbau führte, versuchte ich, die verwitterte Tür des Anbaus zu öffnen. Sie war stabiler, als ich gedacht hatte und hatte zu meiner Überraschung ein sehr gutes Schloss.

Mein erweitertes Equipment hatte ich in meiner Satteltasche. Mit dem elektronischen Dietrich aus England dauerte es dann aber doch eine geraume Zeit, bis die Tür geöffnet war.

Erstaunt schaute ich in den kleinen, etwa achtzehn Quadratmeter großen Raum, so etwas hatte ich noch nicht gesehen. Hier war augenscheinlich das Liebesnest von Hubert von der Ahe.

Sehr gepflegt, ein großes Bett, mit dunkelblauem Satin bezogen, dominierte den Raum, viele Kissen in allen möglichen Größen und Formen, eine kleine, aber gut sortierte Bar und eine Kommode mit allerlei Sexspielzeug.

Ich setzte mich auf einen kleinen Hocker, der vor einem winzigen Sekretär stand und ließ das Ganze erst einmal auf mich wirken.

Die Beleuchtungsanlage war vom Feinsten, und auch die Musikanlage war kein Billigheimer. Hier hatte Hubert richtig Geld in die Hand genommen, um sich sein „Nest" zu bauen.

Als ich den Sekretär durchschaute, stieß ich auf diverse Liebesbriefe von einem Josef, dieser wollte wohl mit Hubert nach Kanada auswandern. Nach der Lektüre weiterer Briefe musste ich davon ausgehen, dass dieser Josef und Hubert schon seit längerer Zeit ein Paar waren und Deutschland gemeinsam in Richtung Kanada verlassen wollten.

In den Briefen war auch von dem Zuchterfolg beim Spargel die Rede und dass der Verkauf des Züchterwissens wohl kurz bevorstand.

Irgendetwas musste dazwischengekommen sein.

Zuerst musste ich diesen Josef finden, aber ich kannte keinen mit diesem Namen hier in der

Gegend. Sollte das vielleicht einer der Erntehelfer sein? Das war eher unwahrscheinlich, da die Briefe in einem grammatikalisch sauberen Deutsch verfasst waren.

Als Hellmuth anschlug, schreckte ich aus meinen Gedanken hoch. „Hellmuth, hier",

rief ich. Hellmuth war sofort ruhig und kam zu mir gelaufen, ich ließ ihn ein und schloss die Tür bis auf einen kleinen Spalt.

Keine Minute später öffnete sich das Hoftor und ein großer Geländewagen, so ein amerikanisches Luden-Auto mit Hamburger Kennzeichen, fuhr auf den Hof. Ein kräftiger Glatzkopf stieg aus und ging in die große Scheune.

Ich legte Hellmuth ab und schlich mich am Wohnhaus entlang, kroch unter einem Holunderbusch hindurch und erreichte so ungesehen, wie ich glaubte, das Seitentor der großen Scheune.

Plötzlich öffnete sich die Beifahrertür des Wagens. „Was suchen Sie denn hier?", rief mir ein schlaksiger Typ zu, den ich auf Mitte Zwanzig schätzte.

Ich wollte gerade antworten, da bemerkte ich, dass der Typ einen Baseballschläger in der Hand hatte.

„Was?", rief er und kam keulenschwingend auf mich zu.

„Hellmuth, ran", rief ich, da war er auch schon: Hellmuth hatte sofort begriffen, dass von dem Mann nichts Gutes zu erwarten war und brachte sich knurrend in Position. Der Mann schaute ängstlich irritiert. „Nimm die Töle weg“, rief er jetzt schon etwas leiser und blieb stehen.

„Ein Wort von mir, und Hellmuth nimmt Sie auseinander“, drohte ich, dann zog ich mich schnell mit Hellmuth zurück und rannte vom Hof.

Draußen angekommen, versteckte ich mich abseits des Weges im Wald. Ich nahm mein Smartphone und rief KHK Schmittmeyer in Stade an, nannte ihm Kennzeichen und Wagentyp und erzählte, dass der Hummer auf den Hof von Hubert von der Ahe gefahren sei.

Schmittmeyer versprach, sofort alle erforderlichen Maßnahmen anzuordnen.

Kurze Zeit später, verließ der Hummer das Grundstück mit hoher Geschwindigkeit.

Ich ging schnell zum Anbau und verschloss die Tür wieder. Hatte ich noch Zeit, in die Scheune zu schauen? Doch da war schon der Signalton der Polizei zu hören, und ich machte mich mit Hellmuth wieder auf den Weg nach Hause. Es musste ja keiner wissen, dass wir auf dem Hof gewesen waren.

5. Kapitel
Falsche Verdächtige

Der Hummer, dieser große US-Geländewagen, fuhr am Finanzamt in Buchholz in der Nordheide vorbei in Richtung Westen und befuhr dann mit geringer Geschwindigkeit einen landwirtschaftlichen Weg, an dessen Ende sich eine Ferienhütte befand.

Buchholz in der Nordheide ist eine liebenswerte kleine Stadt im Süden von Hamburg. Umgeben von reizvollen Landschaften wie den Schwarzen Bergen. Am Rand der Lüneburger Heide liegt die Stadt Buchholz mit direkter Anbindung zur Hansestadt Hamburg.

Der Wagen fuhr unter einen Unterstand, der für das große Fahrzeug gerade so ausreichend war. Der kräftige Fahrer und der hagere Beifahrer stiegen aus.

„Und du bist dir ganz sicher, dass das nur ein neugieriger Nachbar war?", fragte der Kräftige den Beifahrer.

„Klar, der ist gleich abgezischt, als er den Schläger gesehen hat", antwortete dieser. „Dein Wort in Gottes Ohr", feixte der Kräftige.

Dann machten sie es sich in der Hütte bequem. Hier war alles vorhanden, was man brauchte, um für zwei Wochen unterzutauchen. In ihrer Branche war es immer von Vorteil, wenn man so einen Fluchtpunkt vorbereitet hatte.

„Gib mal ein Astra rüber." Der Hagere tat, wie ihm gesagt wurde – das war in der jetzigen Situation wohl besser, denn sein Boss war ganz schön sauer, weil er den Stoff nun doch nicht mehr abholen konnte. Immerhin musste er übermorgen liefern.

Sie hielten sich die nächsten zwei Tage sehr bedeckt und verließen die Hütte nur, um ihre Notdurft zu verrichten. Auch die Fensterläden blieben verschlossen, damit kein Licht nach draußen drang.

Am dritten Abend, die beiden saßen gerade beim Abendbrot und schauten die Tageschau, störte ein ohrenbetäubender Knall, verbunden mit gleißendem Licht die Ruhe.

Blendgranaten!

„Polizei! Auf den Boden! Und strecken Sie die Arme und Beine weit von sich", brüllte ein SEK-Beamter die beiden an.

Da lagen sie nun völlig überrascht auf dem Boden, hatten sie sich doch in Sicherheit gewähnt.

„Schmittmeyer, SoKo Spargel Stade", stellte sich der Leiter des Einsatzes vor. Er nahm die beiden Männer fest und ließ sie nach einer eingehenden Durchsuchung abführen.

„Danke Männer, guter Einsatz", bedankte er sich beim Leiter der SEK-Truppe aus Hamburg, die ihn unterstützend begleitet hatte.

Die beiden Hummer-Fahrer wurden nach Stade in die Untersuchungshaft gebracht. Die erste Vernehmung war für 9 Uhr anberaumt.

Die Kollegen aus Hamburg kümmerten sich mit ihren Spurentechnikern um die Hütte, das Auto sowie die Wohnung der Inhaftierten in Altona, die zeitgleich mit dem Einsatz in Buchholz gestürmt worden war.

Nach dem Anruf von Bernd Kühl, diesem Privatdetektiv aus Fredenbeck, hatte KHK Schmittmeyer sofort nach dem Hummer fahnden lassen. Durch einen Tipp aus der Bevölkerung waren sie dann auf die Hütte gestoßen und hatten sich nach längerer Observation für den Überraschungsbesuch entschieden.

„Was der Kühl da wohl wieder gesucht hatte?", dachte sich Schmittmeyer. „Den muss ich mir einmal einbestellen!" Er griff zum Telefon und tat es gleich für morgen 8 Uhr. Er wollte den Detektiv noch vor der Vernehmung sprechen.

*

„Da hat der länderübergreifende Einsatz der Polizeikräfte mal wieder hervorragend funktioniert", lobte der Staatsanwalt den reibungslosen Einsatz am Vorabend. „Nun sehen Sie mal, dass Sie den Fall endlich zum Abschluss bringen! Wie es aussieht, sind das wohl die Täter. Die Spurenlage ist ja eindeutig oder sehen Sie das anders, Schmittmeyer?"

„Nach dem Lob kommt der Tadel", dachte sich der Hauptkommissar, das kannte er schon, „Druck aufbauen" nannte das der Staatsanwalt.

„Ich sehe das etwas differenzierter, da sind noch viele Fragen offen, die wir noch nicht abschließend klären konnten", antwortete er dem Staatsanwalt.

„Na, dann machen Sie mal hin, kann ja nicht ewig dauern", hielt dieser den Druck aufrecht. Dann verließ er grußlos das Büro.

„Schlecht geschlafen", kommentierte Schmittmeyer den Abgang des Anklägers. Seine Mitarbeiter nickten zustimmend und nahmen ihre Arbeit wieder auf.

7:55 Uhr: Ich war pünktlich. Gestern Abend hatte mich Schmittmeyer angerufen und für 8 Uhr einbestellt – zu einer Unterredung, wie er es nannte. Ich war gespannt, was er von mir wollte. Ich fragte mich durch. Als ich das Büro von Schmittmeyer erreicht hatte, trat ich nach einem kurzen Klopfen ein.

„Treten Sie ruhig ein", empfing mich der Hauptkommissar.

Er begrüßte mich mit Handschlag und bedankte sich für den Hinweis auf das Geschehen bei der Hofstelle von Hubert von der Ahe.

„Wir haben die beiden in Buchholz erwischt, hatten sich dort in einem Ferienhaus verkrochen", berichtete Schmittmeyer.

Er bot mir einen Platz in einer kleinen Sitzecke unter dem Fenster an.

„Kaffee?", fragte der Kommissar. Ich nahm das Angebot dankend an.

Als wir dann den Kaffee, den Schmittmeyer aus einer Hi-Tech-Maschine zauberte, vor uns stehen hatten, kam er zur Sache: „Nun erzählen Sie mir einmal, was Sie bei dem Grundstück von der Ahe gesucht haben? Sie waren doch nicht zufällig dort?“, kam er gleich auf den Punkt.

Ich hatte mit so einer Frage gerechnet und lange überlegt. Letztendlich war ich aber zu dem Schluss gekommen, die Karten auf den Tisch zu legen.

„Nachdem ich ja schon den Mietvertrag gefunden hatte, habe ich gedacht, vielleicht haben die Kriminalen ja noch mehr übersehen“, erklärte ich meine Motivation. „In einem Anbau bin ich dann fündig geworden“, machte ich es spannend. „Dort hatte Hubert von der Ahe ein kleines Liebesnest, welches die Spurensicherung wohl nicht gefunden hat.“

KHK Schmittmeyer schnaufte: „Ja, dass die SpuSi nicht alles überprüft hat, habe ich auch schon bemängelt, aber die hatten durch zwei andere Fälle Zeitdruck und krankheitsbedingt auch noch Personalnot“, versuchte der Kommissar die schludrige Spurensicherung zu erklären.

Ich berichtete weiter, was ich gefunden hatte. Im Gegenzug berichtete der Kriminale von der Auswertung der Stromverbräuche.

„Also der Mieter des Gewächshauses saß bis Ende November wegen eines Raubes in Fuhlsbüttel. Ab Dezember ging dann der Stromverbrauch wieder nach oben, so dass wir davon ausgehen, dass da die Produktion von Cannabis wiederaufgenommen wurde“, erklärte er.

„Der Mieter ist außerdem identisch mit dem Fahrer des Hummer, kommt aber für den Mord an von der Ahe nicht in Frage, da dieser vermutlich schon im Oktober ermordet worden ist. Ein besseres Alibi als den Knast gibt es wohl nicht", stellte Schmittmeyer sachlich fest.

Ich konnte eine leichte Enttäuschung heraushören, hatte man doch gedacht, dass der Mieter der Täter wäre.

„Ich habe angeordnet, dass die Spurensicherung nochmal auf das Anwesen von der Ahe fährt und jeden, aber auch jeden Stein umdreht, vielleicht gibt das neue Erkenntnisse in dem Fall."

Bis jetzt war ich geduldiger Zuhörer gewesen.

„Was ist denn mit dieser Geschichte mit der neuen Spargelsorte, die Hubert angeblich gezüchtet hat?", hakte ich nach.

„Wir haben Proben der Pflanzen an das Max-Planck-Institut für molekulare Pflanzenphysiologie nach Potsdam geschickt. Deren wissenschaftliche Aktivitäten konzentrieren sich auf die Erforschung grundlegender molekularer Vorgänge, der Kommunikation von Pflanzen mit pathogenen oder nützlichen Mikroorganismen." Das las KHK Schmittmeyer von einem vor ihm liegenden Blatt ab. Offenbar war er auf unser Gespräch gut vorbereitet.

„Das Institut braucht einige Zeit, um ein belastbares Ergebnis zu liefern, aber sie waren schon überrascht von den Fertigkeiten von der Ahes", fuhr er fort.

„Beim Bundessortenamt hatte Hubert von der Ahe Sortenschutz für die Spargelsorte Josef beantragt."

Aha, dachte ich, der KHK ermittelte also weiter in beide Richtungen.

„Der Sortenschutz ist ein dem Patent vergleichbares Ausschließlichkeitsrecht und schützt das geistige Eigentum an Pflanzenzüchtungen. Jeder Züchter oder Entdecker einer neuen Sorte kann beim Bundessortenamt den Sortenschutz beantragen", erklärte er.

Wir sprachen noch über das Ergebnis der erweiterten Obduktion, aber der Fundort war immer noch ein Rätsel. Warum tötet jemand einen Menschen auf so perfide Art? Und vor allem: Warum präsentiert er dann Monate später die Leiche?

Das machte alles keinen Sinn.

„Wir brauchen das Motiv für den Mord, aber auch für das Präsentieren des Toten", resümierte der Hauptkommissar.

Wir verabschiedeten uns voneinander, versprachen weiter in Kontakt zu bleiben, um uns auszutauschen.

Der Sortenname „Josef" hatte mich elektrisiert. Ich hatte mir das nicht anmerken lassen, aber in Gedanken war ich schon auf der Suche nach diesem Josef aus den Liebesbriefen. Da gab es einen Zusammenhang, war ich mir sicher.

6. Kapitel
Josef

Als ich auf den Hof von Jost-Reinfried fuhr, lief mir der rumänische Vorarbeiter Mika fast vors Auto. Ich öffnete das Seitenfenster und sprach ihn an. „Hallo Mika, wohin so eilig?“, fragte ich grinsend.

„Ach, alles Idioten hier“, schimpfte er. „Keiner macht, was man ihm sagt!“

„Hast du vielleicht gleich ein bisschen Zeit für mich?“, fragte ich Mika.

„Ja, ja, in einer halben Stunde in der Kantine, dann trinke ich dort immer meinen Tee“, antwortete der Vorarbeiter und war auch schon wieder verschwunden.

Ich war heute hier, um mit Jost-Reinfried das bisher Ermittelte zu besprechen. Ich berichtete ihm von der Sortenanmeldung von Hubert beim Bundessortenamt und von den dürftigen Ergebnissen der Polizei.

„Na, dann werden die den Hamburger Dealer wohl nur für den Anbau und Vertrieb der Cannabispflanzen dingfest machen können“, resümierte Jost-Reinfried. „Da der Dealer einen Mietvertrag hat, kann man ihn wohl nicht wegen Einbruchs anklagen. Und für den Mord hat er ein Alibi, wie du sagst.“

„Bleiben eigentlich nur noch zwei Wege: die Homosexualität um diesen Josef, wer immer das ist, und diese Geschichte mit der neuen Spargelsorte“, brachte es der Spargelbauer auf den Punkt.

Wir verabredeten, dass ich mich zunächst auf den Josef konzentrieren sollte, und, wenn das Ergebnis aus dem Potsdamer Institut da war, wollte ich die Spargelspur weiterverfolgen. Wir tranken noch einen Kaffee zusammen, dann verabschiedete ich mich von Jost-Reinfried.

„Ach, was ich dir noch erzählen wollte", sagte der Spargelbauer zwischen Tür und Angel.

„Mika hat mir gebeichtet, dass er Hubert immer wieder Spargelsetzlinge der Sorte Baklim zugeschoben hat."

Aha, das waren also die „Geschäfte", die Vadim Poz, der Vorarbeiter der polnischen Erntehelfer mir gegenüber erwähnt hatte, dachte ich.

Ich ging hinüber zur Kantine, die sich am Ende des Gebäudetraktes befand. Hier saß Mika schon bei seinem Tee und ging die Schichtpläne seiner Erntehelfer durch.

„Moin Mika, das mit den Spargelsetzlingen hättest du mir auch gleich erzählen können", fiel ich mit der Tür ins Haus.

„Ja, das war blöd, hätte ich den Chef gefragt, hätte Hubert die auch so bekommen", sagte Mika etwas verlegen.

„Hätte, hätte, Fahrradkette", sagte ich, um dem Ganzen den ernst zu nehmen.

Wir sprachen noch über die Homosexualität von Hubert von der Ahe, aber da konnte Mika mir gar nicht weiterhelfen, da er wirklich nur wegen der

Spargelsetzlinge mit Hubert in Kontakt gewesen war. Diese hatte er übrigens an von der Ahe verkauft, die Einnahmen hatte er inzwischen an Jost-Reinfried abgegeben.

Auch ein Josef war ihm nicht bekannt. Wir unterhielten uns noch ein wenig über seine Familie in Rumänien und, wie schwer es jedes Jahr war, diese monatelang zurückzulassen. Aber der gute Verdienst lockte ihn dann doch immer wieder nach Deutschland.

Nach dem Gespräch hatte ich noch eine Idee und ging noch einmal in den Bürotrakt zurück. In der Personalabteilung ließ ich mir alle Erntehelfer der letzten zwei Jahre heraussuchen, die den Vornamen Josef hatten. Es waren 27 Männer, davon waren vierzehn über fünfzig Jahre alt und kamen somit nicht in Frage. Von den anderen dreizehn Erntehelfern waren elf verheiratet und hatten mehrere Kinder, die konnte ich also auch ausschließen. Ein weiterer war hier auf dem Hof als der große Frauenaufreißer bekannt, kam auch nicht in Frage. Bei dem letzten stand unter Bemerkungen in der Karteikarte „Analphabet“, also des Schreibens und Lesens nicht mächtig. Auf Grund der Briefe an Hubert war er es also auch nicht. Die Idee war ein Irrweg.

*

Ich fuhr mit Hellmuth im Auto zum Hundeplatz, unser wöchentliches Training war angesagt. Heute war das Revieren an der Reihe. Beim Revieren sucht der Hund ein Gebiet (Revier) nach einer versteckten Person ab. Er wird dabei aus der Distanz vom Hundeführer geleitet. Das Revieren kommt aus der Schutzhunde-Ausbildung, kann aber natürlich auch mit „Freizeithunden“ geübt werden. So kann der Hund z. B. auf Spaziergängen um Bäume oder Ähnliches herumgeschickt werden. Das Revieren schult den Gehorsam auf Distanz, die Impulskontrolle im Beutetrieb sowie die Konzentrationsfähigkeit und den Einsatz der Körpersprache des Hundeführers.

Hellmuth stellte sich dabei sehr gut an, so dass ich sehr zufrieden war und mir nach der Stunde noch einen Cappuccino im „Pfotensalon“ gönnte. Linda und die anderen Teilnehmer meiner Gruppe saßen auch dabei.

Bei „meiner“ Hundeschule, handelt es sich um ein Kompetenznetz für Menschen mit Hunden. Die über dreißigtausend Quadratmeter große Fläche in Stade bietet das ideale Gelände, um ein vielfältiges und abwechslungsreiches Angebot zu ermöglichen. Das Team mit seinen sich ergänzenden Kompetenzen sowie der hohen Motivation und Professionalität der Trainer und des Trainings sorgt für die Vielfalt des Trainingsangebots. Über allem steht der Anspruch an Qualität.

„Konnte ich dir mit dem Holländer weiterhelfen?“, fragte mich Linda, die ich seit meiner Rechercheleite in den Niederlanden noch nicht wiedergesehen hatte.

„Nee, nicht wirklich", antwortete ich. Ich erzählte der Gruppe von meinem Ausflug nach Holland.

„Oh, der arme Kerl, hoffentlich erholt der sich wieder", waren sich alle einig, als sie vom Schicksal des holländischen Bauern hörten.

„Sein Schwiegersohn ist aber hiergeblieben", meinte Linda erstaunt. „Schwiegersohn?", fragte ich.

„Ja, der wohnte doch bei meinen Nachbarn in der Pension, mit den anderen Holländern, der war am nächsten Tag noch mit bei der Besichtigungstour der Saatzucht dabei", antwortete Linda.

*

Bleichspargel: Gijnlim. Die Sorte zeichnet sich durch einen sehr frühen Austrieb und einen sehr hohen Gesamtertrag aus. Geerntet werden können viele schwere Stangen und Stangen von mittlerer Dicke, die sich durch ihren geraden Wuchs und ihre hervorragende Qualität auszeichnen. Besonders geeignet für die verfrühte Produktion unter Antitau- und Schwarz-Weiß-Folie.

Bleichspargel: Baklim. Die Spargelsorte Baklim hat einen hohen Ertrag bei später Erntezeit. Sie produziert dicke Stangen mit einem guten Kopfschluss. Baklim ist geeignet für den Anbau in gemäßigtem Klima und für jeden Bodentyp. Baklim kann sehr gut in Kombination mit Folie verwendet werden. Sie ist ein idealer Gegenspieler zu Gijnlim. Nachbauverträglich.

Wieder zu Hause schaute ich gerade im Internet nach, um mehr über die gängigen Spargelsorten zu erfahren. Demnach war Baklim zwar nachbauverträglich, jedoch mit erheblichen Einbußen bei der Ertragsmenge.

Genau hier kam laut Bundessortenamt die Entwicklung von Hubert von der Ahe zum Tragen. Er hatte, gemäß seinen Angaben, eine nachbauverträgliche Spargelsorte entwickelt, die die Vorteile der Charaktere der Sorten Gijnlim und Baklim vereinte. Will heißen, alle Wuchs- und Qualitätsmerkmale sowie die Folientauglichkeit von Gijnlim mit der Nachbauverträglichkeit von Baklim, diese sogar über mehrere Nachbauperioden hinweg.

Wenn das stimmte, würde kein Spargelbauer mehr auf Pachtland zum Flächentausch angewiesen sein, was immense Kosten sparen würde. Des Weiteren konnte künftig ortsnah produziert werden, hier entfielen dann hohe Transportkosten. Ganz zu schweigen von den Einsparungen beim Maschinenpark.

Wenn das noch vom Max-Planck-Institut für molekulare Pflanzenphysiologie bestätigt würde, konnte der Diebstahl der Zuchtpläne und der Setzlinge ein lupenreines Motiv sein.

*

Heute stand der Termin bei Johann Öhlberg an.

Ich lernte mit anderen Bürgern aus Fredenbeck während einer Führung, die Johann selbst mit Stolz durchführte, die neue Hofstelle mit hypermodernem Offenstall inklusive vollautomatischem Melkkarussell kennen.

1,5 Millionen Euro hatte er in die Hand genommen, um die Zukunft des Hofes zu sichern. Ein hohes Risiko, waren doch die Discounter gerade wieder dabei, die Milchpreise zu drücken.

„Die kaufen die Milch mittlerweile sogar schon in Russland billig ein, nur um uns preislich an die Kette zu legen", schimpfte Johann.

Tatsächlich war ein Liter gutes Mineralwasser inzwischen doppelt so teuer wie ein Liter Milch.

„Wo soll das noch hinführen?", fragte Johann in die Runde, ohne wirklich eine Antwort zu erwarten.

Alle waren betroffen, aber jeder kaufte seine Milch doch weiter beim Discounter. Über eine Milchtankstelle hatte Johann auch schon nachgedacht, aber ein anderer Milchbauer im Ort hat gerade eine eröffnet und diesen Weg der Direktvermarktung genutzt.

Als wir vom Offenstall wieder zurück auf den Hof kamen, fiel mir auf, dass dort zwei Audi Q7 standen. Auf Nachfrage erzählte mir Johann, dass Jupp Hitzelsberger, einer seiner Helfer, sich auch einen gekauft hatte.

„Der hat wohl jahrelang dafür gespart, anders

kann ich mir das auch nicht erklären", meinte der Milchbauer.

„Geerbt hat er wohl auch, baut gerade ein Haus auf dem Bäkkerschen Grundstück in der Ortsmitte beim Kindergarten", berichtete er weiter.

„Kann ich Jupp mal sprechen?", fragte ich Johann.

„Klar, ich frag mal meine Frau, wo er sich gerade rumtreibt."

„Der Josef ist auf dem Schlag im Mulsumer Bruch und fährt Gülle", rief sie über den Zaun, um die Frage ihres Mannes zu beantworten.

„Aber heute Abend ist er in der Schänke mit seiner Fotogruppe, versuch doch da dein Glück", schlug sie vor.

Genau das nahm ich mir vor. Ich bedankte mich für die Führung und ging nach Hause, um noch eine Runde mit Hellmuth zu joggen. Das brauchte ich jetzt zum Nachdenken.

Jupp war also das Kürzel für Josef, sehr interessant.

Am Abend nahm ich meine Kamera, eine alte Canon D1 Mark III samt Objektivsortiment, Filter etc. und machte mich auf den Weg zur Dorfschänke, wo sich jeden zweiten Mittwoch im Monat die Fotogruppe der Gemeinde traf, um sich fachlich auszutauschen. Ich hatte schon des Öfteren mit dieser Gruppe geliebäugelt, es aus Zeitmangel aber immer wieder verschoben.

Die Gruppe traf sich immer im großen Kaminzimmer. Herr Hannemann, der Leiter der Fotogruppe, begrüßte mich herzlich und bat darum, dass ich mich und vor allem meine Fotoausrüstung einmal vorstellte.

Meine Kamera kam gut an bei den anderen Mitgliedern, hatte sie doch schon den Ruf, gute Fotoqualität abzuliefern. Da ich mich als Pensionär vorstellte, kamen keine Nachfragen, ich war offensichtlich nicht so interessant wie meine Kameraausrüstung.

Jupp (Josef) Hitzelsberger war auch anwesend. Wir kamen bei der Betrachtung eines seiner wirklich guten Fotos, einer Schwarz-Weiß-Aufnahme, ins Gespräch:

„Gallowayherde auf frostiger Weide", sagte Jupp und gab dann auch die Daten wie Brennweite, Filter und Belichtungszeiten bekannt.

„Ist das nicht die Herde von Hubert aus Lühnenspecken?", fragte ich ihn.

„Ja, das habe ich letztes Jahr im Februar fotografiert", bemerkte Jupp.

„Schlimme Sache, das mit Hubert", warf ich ein.

Jupp wurde von einer auf die andere Sekunde von einer Traurigkeit befallen, die ich so noch nicht gesehen hatte.

„Ja, das ist schon sehr schlimm, ich hoffe, dass man den Mörder alsbald dingfest macht."

Jupp sprach sehr leise, ich konnte ihn kaum verstehen, bemerkte aber, dass er sich verstohlen eine Träne verdrückte.

„Hast du nicht Lust, Fotos von mir und meinem Hund zu machen? Ich kann dann noch etwas von dir lernen und du hast mal ein anderes Motiv", fragte ich ablenkend drauflos. Ich musste Jupp unbedingt einmal allein sprechen, und da bot sich eine gemeinsame Fotosession doch an, dachte ich.

„Ja, warum nicht, Hunde als Motiv sind bestimmt sehr interessant", meinte Jupp.

„Gut, dann lass uns das am Sonntagmorgen machen, treffen wir uns so gegen neun Uhr in Oldendorf, am Eingang zum Hohen Moor, da haben wir dann auch noch tolle Hintergründe", schlug ich den Treffpunkt vor.

„Ja, das ist eine klasse Location", freute er sich. „Abgemacht: Neun Uhr, Hohes Moor."

Das Treffen der Fotogruppe löste sich nach etwa drei Stunden wieder auf. Ich hatte viel gelernt, tolle Fotografien gesehen, gute Gespräche geführt – ich würde wiederkommen, versprach ich Herrn Hanemann, trank mein Bier aus und ging frohen Mutes nach Hause. Hatte ich doch viel erreicht heute Abend, denn das Vertrauen eines Menschen ist eine Bank für gute Informationen.

7. Kapitel
Freundschaft

Samstagmorgen: Kriminalkommissar Schmittmeyer saß in der hintersten Ecke des von Goeben Cafés und studierte den Sportteil des Tageblattes.

„Guten Morgen, Herr Schmittmeyer", begrüßte ich den Kommissar.

„Schöne Idee, sich hier beim Frühstück auszutauschen", lobte ich seinen Vorschlag uns hier zu treffen.

„Ja, dann ist das nicht so offiziell, und es stört uns niemand, dachte ich."

Wir bestellten uns jeder ein opulentes Frühstück mit Eiern, Schinken, Speck, auch Müsli und Obst durften dabei nicht fehlen. Schmittmeyer bestellte sich Tee, ich blieb bei meinem Pott Kaffee.

„Das Max-Plank-Institut hat den Pflanzenzuchtansatz von Hubert von der Ahe in vollem Umfang bestätigt", berichtete der Hauptkommissar. „Da die Sorte beim Bundessortenamt patentiert wurde, kann nur der Erbe noch den Erfolg nutzen."

„Der Erbe?", fragte ich.

„Ja, wir haben Kontakt über das Amtsgericht zu Huberts Notar aufgenommen, der hat berichtet, dass er vor einem Jahr ein Testament hinterlegt hat", trug er weiter vor.

„Und wer ist besagter Erbe?", wollte ich wissen.

„Das ist ein Schweizer Staatsbürger, der zurzeit in Fredenbeck lebt und als landwirtschaftlicher Helfer arbeitet. Josef Hitzelsberger heißt er", ließ er die Katze aus den Sack.

Da schließt sich der Kreis, dachte ich. Am Sonntag musste ich aufpassen, denn jetzt war Josef mein Hauptverdächtiger. Das Testament war ein starkes Motiv.

Ich behielt das für mich, hatte ich dem Kommissar ja die gefundene Tasche samt Inhalt bisher verschwiegen.

„Das ist ja eine Überraschung, ein Erbe", sagte ich, ließ mir meine Schlussfolgerung aber nicht anmerken.

„Aber er ist nicht tatverdächtig, da er im Oktober in Mailand an einem Seminar für illuminierende Fototechniken teilgenommen hat, das wurde durch mehrere Teilnehmer bereits bestätigt", nahm mir der Kommissar den Hauptverdächtigen.

„Dann beginnt ja die ganze Ermittlung wieder bei null", resümierte ich.

„Ja, wir stehen wieder ganz am Anfang."

Seine Enttäuschung konnte Hauptkommissar Schmittmeyer nicht verbergen.

Wir sprachen weiter über den Fall, ich erzählte von Huberts Auftritt bei der Generalversammlung der Stader Saatzucht und von meiner eher sinnlosen Fahrt in die Niederlande.

Die Spurensicherung hatte außer einer größeren Menge Drogen, die in der großen Scheune in Lühnenspecken lagerte, nichts von Bedeutung gefunden.

Wir waren uns einig, dass wir das nur gemeinsam lösen konnten.

Den Fund der Tasche gab ich dennoch nicht preis, war das doch eine eher persönliche Sache zwischen Hubert und Josef. Ich nahm mir vor, die Tasche an Josef zurückzugeben, war ja schließlich auch seine.

Wir beendeten unser Frühstück, verabredeten uns aber für nächsten Freitag zum Kaffee in der „Wehler Deel", einem Landcafé in einem Ortsteil von Fredenbeck.

Ich holte Hellmuth aus dem Auto und ging mit ihm noch eine Runde durch die Stader Wallanlagen, schaute mir auf dem Weg zu meinem Schlachter noch die Großbaustelle in der Innenstadt an und verließ Stade dann wieder in Richtung Fredenbeck.

*

Das Hohe Moor, zwischen Oldendorf und Elm gelegen, wird von den großen Moorseen, Oldendorfer See und Elmer See, dominiert. Diese beiden großen Wasserflächen werden durch zahlreiche kleine wassergefüllte Torfabbaugruben und ehemalige Entwässerungsgräben ergänzt. Vor einigen Jahren hat man den Wasserstand des Hohen Moores wieder angehoben. Durch die Wiedervernässung soll das teilweise zerstörte Moor renaturiert werden, abgestorbene Fichten- und Birkenbestände sind ein sichtbares Zeichen dieser Vernässung.

Bei richtigem Lichteinfall im frühen Frühjahr konnte man meinen, man sei in Südschweden.

Ich war schon etwas früher hingefahren, so konnte ich noch mit Hellmuth meine Runde machen, bevor Jupp kam. Hellmuth hatte heute den Schalk im Nacken, jagte er doch wie ein Wilder auf einer Wiese den Schwänen nach. Er war erst zufrieden, als alle am Himmel waren, dann kam er völlig erschöpft zu mir zurück. Hier konnte er noch frei laufen. Nachher, im Biotop Hohes Moor, durfte er nur noch an der Leine sein. Was ich auch richtig fand, denn das bisschen Flora und Fauna, das wir noch haben, muss erhalten bleiben.

Leider wurde das nicht von allen so gesehen: Bei meiner Ankunft waren gerade zwei Quads aus dem Moor gekommen. So, wie die Geräte aussahen, hatten die sich da richtig ausgetobt. Sicherheitshalber hatte ich mir die Kennzeichen notiert und auch Fotos gemacht.

Jupp fuhr mit seinem Q7 pünktlich vor.

„Hallo Jupp, ist das nicht ein herrlicher Morgen?“, begrüßte ich Josef.

„Ja, das optimale Fotowetter, super Lichtverhältnisse“, schwärmte er.

Wir luden unsere Fotoausrüstungen auf einen Falt-Bollerwagen, den Jupp dabei hatte, und machten uns auf den Weg, um den optimalen Hintergrund für unsere Fotos zu finden.

„Ich habe gehört, dass Hubert ein Testament gemacht hat, seinen Hof und alles andere soll ein

Schweizer erben", berichtete ich in einer Fotopause.

Jupp sah mich verzweifelt an und sagte: „Der Schweizer, das bin ich. Ich war mit Hubert schon seit zwei Jahren zusammen, wir waren ein Paar."

Ich merkte, wie schwer es ihm fiel.

„Hubert und ich wollten im Januar nach Kanada auswandern. Aber als ich von einem Fotoworkshop in Mailand zurückkam, war Hubert verschwunden", berichtete er.

„Zuerst dachte ich, ihm sei sein Zuchterfolg zu Kopf gestiegen und er wäre ohne mich nach Kanada. Doch dann fand ich die Tickets in seinem Haus und wusste, da stimmt was nicht", fuhr er fort.

„Auch schlich da immer jemand um das Haus herum, als wenn er etwas suchte. Er hatte ein Leihauto von Sixt, einen großen BMW SUV. Den habe ich durch meine Anwesenheit wohl verscheucht, kam jedenfalls nicht wieder."

Er nahm seine Kamera und fotografierte weiter.

„Hast du eine Ahnung, was passiert ist?", fragte ich ihn.

„Nee, kann mir nur vorstellen, dass das mit seinem Pflanzenzuchterfolg zusammenhängt. Hubert hat es ja jedem erzählt, einige haben ihm das auch geglaubt", meinte Jupp.

„Hat Hubert mit den Holländern verhandelt, um seinen Spargel zu verkaufen?", fragte ich dazwischen.

„Ja, das hat er wohl, aber deren Interesse hielt sich in Grenzen. Auch mit einem Peruaner wurde verhandelt", wusste Josef zu berichten. „Aber warum Interessiert dich das?"

Auf diese Frage hatte ich schon lange gewartet, da ich meine Neugier ja nicht verborgen hatte.

„Ich recherchiere in dem Fall, bin seit geraumer Zeit selbstständig als Privatdetektiv", sagte ich ihm.

„Privatdetektiv – dann ist diese ganze Fotosession hier heute eine Farce?", entrüstete er sich.

„Nein, nein, ganz und gar nicht, sieh das bitte getrennt, manchmal führt einen der Zufall zusammen. Ich finde deine Fotoarbeiten wirklich klasse und möchte so viel wie möglich von dir lernen", beruhigte ich Jupp.

„Ok, dann will ich das mal so glauben", lenkte Josef ein.

Am Ende unserer Session übergab ich Josef, so wie ich es mir vorgenommen hatte, quasi als Vertrauensbeweis, die gefundene Tasche mit ihrem gesamten Inhalt. Natürlich hatte ich Kopien von den relevanten Fotos gemacht, das erzählte ich Josef aber nicht.

„Oh, das ist mir jetzt peinlich", schämte sich Jupp etwas, nahm die Tasche aber dankend an.

„Die habe ich verloren, als ich vor diesem Dealer geflüchtet bin, der dachte wohl, ich wollte an seinen Stoff. Ich glaube, Hubert wusste gar nicht, was der so bei ihm anbaut. Er war so mit seinen Spargelsetzlingen beschäftigt, nahm in der Endphase gar nicht mehr wahr, was im Umfeld passierte." Josef war offensichtlich froh, einmal mit jemanden über ihre Beziehung zu sprechen. Hörte sich nicht einfach an, das Ganze.

„Seine Galloway-Herde, wer hat die eigentlich gekauft?"

„Das war ein Bauer aus Schleswig-Holstein, der hat auf Ökolandbau umgestellt und wollte nun auch in der Viehhaltung Zeichen setzen. Hat viel zu viel gezahlt, wenn du mich fragst."

Wir fuhren noch nach Gräpel ins Gasthaus Meyer, um gemeinsam zu Mittag zu essen. Mit uns zusammen traf gerade eine Gruppe Wanderer ein, die eine Wanderung durch das Heinbockeler Moor gemacht hatten und sich hier stärken wollten. Wir bestellten uns ein klassisches Spargelgericht und ein Alsterwasser. Der Hund bekam sein Wasser – auch Hellmuth war von der Fotosession ordentlich geschafft. Die Moorwanderer erhielten ihr Torfstecher-Diplom, was frenetisch beklatscht wurde. Den Mittagstisch hatten wir uns etwas ruhiger vorgestellt. Wir brachen dann auch gleich wieder auf, nachdem wir alles verzehrt hatten.

Vor der Tür verabschiedeten wir uns mit dem Versprechen, diese Fotosessions weiterzuführen. Ich glaube, von Jupp konnte ich, was die Fotografie betraf, noch viel lernen.

8. Kapitel
Reisen bildet

Das Auto war beladen, der Rucksack gepackt, jetzt musste ich nur noch mit dem Hund eine Gassi-Runde gehen, und dann konnten wir losfahren. Für dieses Wochenende stand mal keine Recherche an, jetzt ging es zu einer langen geplanten Dog-Trekking-Tour mit einer Hundegruppe durch den Spreewald bei Lübben. Alle Teilnehmer hatten schon per WhatsApp gemeldet, dass sie losgefahren waren. So wie es aussah, war ich wohl der letzte heute. Freitags, so dachte ich, ist ja noch nicht viel los auf den Autobahnen.

Mitten im Herzen des Spreewalddorfes Raddusch, direkt am Naturhafen in wunderschöner Naturkulisse gelegen, fand ich, nachdem ich mir den Flughafen Berlin Tegel etwa anderthalb Stunden im Stau angeschaut hatte, das familiengeführte Spreewald-Hotel „Radduscher Hafen". Raddusch liegt etwa in der Mitte zwischen Lübben und Burg, den beiden wichtigsten Touristenorten im Spreewald. Wir hatten dieses Hotel gewählt, weil es hundefreundlich ist und auch sehr ruhig liegt. Hier war Entschleunigung angesagt. Genau das hatten wir uns jedenfalls fest vorgenommen.

Da ich der Letzte war, hatten die anderen Teilnehmer der Gruppe schon eingecheckt und saßen bereits im Garten beim Kaffee. Nach großem „Hallo" bezog auch ich mein Zimmer und gönnte mir erst mal ein Alsterwasser. Danach gingen wir mit unseren Hunden eine knappe Stunde durch den herrlichen Spreewald, denn wegen der langen Autofahrt, hatten die Tiere erhöhten Bewegungsdrang. Am Abend gingen alle Teilnehmer zügig zu Bett, am nächsten Tag sollte es früh losgehen.

*

Nachdem wir am nächsten Morgen die zehn Kilometer bis Lübben gefahren waren, brachten wir am Start der Dog-Trekking-Tour unsere Hunde in die Geschirre, packten uns die Rucksäcke auf den Rücken, dann ging es auch schon los. Wetter und Stimmung waren gut, es sollte ein schöner Tag wer den. Die Trekking-Tour durch den Spreewald war rund siebzehn Kilometer und aufgrund ihrer geringen Steigung für jedermann gut zu schaffen. Die Wanderwege führten durch alte Laubwälder, malerische Spreewalddörfer und entlang typischer Fließe, Schleusen und Auen. Mit ein bisschen Glück konnte man seltene Tiere wie den Biber, der hier stark vertreten war, beobachten und seltene Pflanzen finden. Wem die Tour zu lang war, der konnte den Rückweg jederzeit mit einer typischen Kahnfahrt abkürzen.

Wir ließen unsere Hunde unterwegs in einem kleinen Tümpel baden, genossen die Landschaft und erreichten unser Zwischenziel, das direkt am Hauptstrom der Spree gelegene Spreewaldgasthaus „Petkampsberg“ bei Schlepzig.

„Eineinhalb Stunden Pause“, teilte ich der Gruppe mit.

Der Wirt, ein geschäftstüchtiger Mann, erkannte sofort die Situation und wies uns einen großen rustikalen Tisch zu, so dass auch unsere Hunde (immerhin zehn an der Zahl) Platz fanden.

Nachmittags liefen wir auf einem anderen Weg wieder zum Ausgangspunkt zurück. Das war wieder einmal eine schöne Tour gewesen! Einziger Wehmutstropfen der Tour war, dass sich ein Hund an einer Scherbe das Bein aufgeschnitten hatte. Wenn nicht irgendein Umweltbanause seine Cola-Flasche in der Natur entsorgt hätte, wäre das vermeidbar gewesen. Nachdem wir den Hund verarztet hatten, wurde er abwechselnd von uns getragen. Es war glücklicherweise ein kleiner Hund.

Nach dem Abendessen, wir saßen noch ein bisschen beim Klönsnack zusammen, bekam ich meinen Fall einfach nicht mehr aus dem Kopf. Ich hatte den ganzen Tag schon darüber nachgedacht, war aber nicht ansatzweise auf eine Idee gekommen, was ich noch machen konnte, um das Ganze zum Abschluss zu bringen.

Von wegen Entschleunigung, dachte ich. Da es verpönt war, über den Job zu sprechen, schlich ich mich, nachdem alle auf ihre Zimmer gegangen waren, auf den Parkplatz und holte meinen Koffer mit den Recherchematerialien aus dem Auto.

Hoffentlich sieht mich jetzt keiner, dachte ich, als Dieter um die Ecke kam, der nochmal mit seinem Hund Gassi gehen wollte.

„Na, kannst es doch nicht lassen", frotzelte er, ging dann aber, ohne weiteren Fragen in den Garten.

Auf meinem Zimmer stellte ich mir eine Recherchewand her, ähnlich der, die ich zu Hause hatte. Da ich hier keinen Kleber verwenden konnte, klebte ich die Exponate einfach mit Seife an die Tapete, das gab keine Flecken und erfüllte auch seinen Zweck.

Nachdem ich alles hin und her geschoben und nochmals mit Linda telefoniert hatte – ihre Begeisterung hielt sich in Grenzen, als ich sie gegen 23 Uhr über den Schwager des Holländers ausfragte –, kam ich zu dem Schluss, dass ich noch einmal mit Jupp sprechen musste. Irgendwo stimmte da was nicht, aber was war es? Ich schrieb mir eine Arbeitsliste, die ich abarbeiten wollte, sobald ich zurück war.

*

Am nächsten Morgen beim Frühstück, Dieter hatte nicht gepetzt, besprachen wir den Tagesablauf.

Wir wollten eine zweistündige Kahnfahrt vom Hotelhafen aus machen. Ich hatte das schon im Vorlauf der Tour gebucht, auch hier kamen die Hunde ohne Probleme mit ins Boot. Danach Mittagspause, Einpacken und dann nach Hause. Während der Kahnfahrt dachte ich über den Fundort des Toten nach, gefroren auf dem Spargeldamm. Das sollte ein Hinweis sein, dachte ich plötzlich wie elektrisiert.

Der mystische Spreewald begeisterte mit seinen Biber-Bauten alle Beteiligten. Wir fuhren an den vergessenen Kulissen vom Spreewald-Krimi vorbei. Diese TV-Reihe vermischt in einem sehr anspruchsvollen Krimi-Format brisante Ermittlungen, Beziehungsdramen und die überlieferten Legenden und Geschichten, die von den Spreewäldern seit Generationen weitergegeben werden. Charakteristisch sind die Erzählweise über verschiedene Zeitebenen hinweg, Verstrickungen und die geheimnisvolle Kulisse des Spreewalds. All diese Komponenten machten das Mystische und durchaus Düstere dieser Krimis aus.

Wir genossen die Stille. Flora und Fauna erwachten jetzt im Frühjahr, und wir durften dabei sein – herrlich.

Ich verzichtete auf das Mittagessen, verabschiedete mich schnell von allen Teilnehmern und fuhr, dieses Mal ohne Stau, zurück nach Fredenbeck. Ich brannte darauf, dass mit dem Hinweis vor Ort zu prüfen.

*

Hellmuth lag mucksmäuschenstill vor mir auf dem großgemusterten Teppichboden, als ob er spürte, dass ich jetzt absolute Ruhe brauchte, um mich neu in den Fall hinein zu denken.

Ich befand mich auf dem Hof von Hubert von der Ahe. Da die Hofstelle von der Kripo wieder freigegeben worden war, brauchte ich nicht wieder durch ein Fenster zu steigen.

Nun saß ich schon eine Stunde in Huberts Wohnzimmer herum und versuchte, so etwas wie Logik in dem Transport des Toten zum Spargelfeld zu entdecken. Ich entschloss mich, einmal den Weg bis nach Wedel zum Eichenhain abzugehen, manchmal fördert Bewegung ja das Denkvermögen... Der kürzeste Weg führte durch den Ortsteil Wedel, der unauffälligste Weg durch die Feldmark.

Hellmuth und ich nahmen den durch die Feldmark. Es war ein herrlicher Frühlingstag, überall das Gezwitscher der Vögel, die eifrig ihre Nester bauten. Ein Graureiher stand in der Wiese und jagte Kleingetier. Ein Rudel Rehwild äste in der Morgensonne, Hellmuth hatten sie noch nicht wahrgenommen. So konnten wir die Rehe noch eine Weile beobachten.

Dann plötzlich sah ich ihn, das Grauen aller Kleintiere: Ein riesiger Traktor mit einem noch größeren Güllefass hinter sich kam auf uns zugerast. Der Hänger wankte schon bedenklich, als der noch jugendlich wirkende Fahrer sein Ungetüm herunterbremste. Dann fuhr er im Schritttempo an uns vorbei. Das war die Ausnahme, normalerweise bretterten die, ohne vom Gas zu gehen, durch die Gegend.

Nach etwa einer Stunde waren wir dann am Spargelfeld angekommen. Der Gülletraktor hatte seine

Ladung nicht in unserer Nähe „gelöscht", so dass wir ohne Geruchsbelästigung nach einer kurzen Pause wieder den Rückweg antraten.

Unterwegs kam ich dann zu folgenden Schlussfolgerungen:

Erstens: Der Leichentransport konnte nur mit einem Fahrzeug durchgeführt worden sein.

Zweitens: Der Tote war „umgebettet" worden, weil jemand darauf hinweisen wollte, dass sein Tod etwas mit Spargel zu tun hatte.

Drittens: Das konnte wiederum nur jemand gewesen sein, der sehr vertraut mit Hubert gewesen war.

Viertens: Es bedeutete, dass ich noch einmal mit Jupp sprechen sollte.

Zurück in Lühnenspecken, entdeckte ich Jupps Audi auf der Hofstelle. Jupp stand bei seinem Auto und schaute sich um.

„Hallo", rief er nicht gerade erfreut zu uns rüber.

„Ihr sucht schon wieder nach Spuren? Oder täusche ich mich da?" Er konnte seine Neugier nicht verbergen.

„Guten Morgen, Jupp!", begrüßte ich ihn freundlich.

Dann berichtete ich von unserem Spaziergang zum Spargelfeld und gab auch meine gedanklichen Schlussfolgerungen zum Leichentransport an Jupp weiter.

Jupp bat mich, mit ins Haus zu kommen. In der Küche machte er erst einmal Kaffee. Dabei sprach er kein Wort, man konnte aber beobachten, wie es in ihm arbeitete.

„Okay, das war vielleicht dumm von mir", sagte Jupp, nachdem wir beide einen Kaffeepott in der Hand hielten.

„Aber ich wollte nicht, dass jemand etwas über unsere Partnerschaft erfährt", fuhr er fort.

„So habe ich, als mir klar wurde, dass der Mord nur in Zusammenhang mit der neuen Züchtung gesehen werden konnte, gedacht, dass die Polizei die richtigen Schlüsse zieht, wenn ich Hubert auf einem Spargelfeld ablege", versuchte er, den Leichentransport zu rechtfertigen.

„Hast du die Leiche in den Froster gesteckt?", fragte ich ihn, einer plötzlichen Eingebung folgend.

„Nein, nein, ich war ja schon drei Wochen aus Mailand zurück, als ich durch Zufall, weil ich vergessen hatte einzukaufen, nach etwas Essbaren in der Gefriertruhe suchte, die im Keller stand", beantwortete er meine Frage.

„Ich war völlig fertig, habe meine ganze Kraft gebraucht, um den gefrorenen Leichnam aus der Truhe zu bekommen, mit einer Sackkarre habe ich ihn dann zu meinem Wagen gebracht."

Damit war der Transport der Leiche also geklärt. Es fragte sich jetzt bloß noch, wer ein Interesse daran gehabt hatte, Hubert von der Ahe auf so perfide Art zu töten. Warum war die Leiche nicht vergraben, sondern auffindbar in die Gefriertruhe gesteckt worden?

Ich telefonierte nochmal mit Linda wegen der Holländer. Irgendetwas in mir sagte mir, ich sollte das nochmal prüfen.

Jupp verabschiedete sich, er musste wieder arbeiten.

Nachdenklich saß ich auf der alten Eichenbank vor dem Huberts Haus, als langsam ein Kombi an der Hofstelle vorbeifuhr. Ich lief schnell an die Mauer und konnte gerade noch das Kennzeichen erhaschen. Aus Goslar kam der Wagen, der jetzt wieder schneller fuhr. Da ich wusste, dass dies eine Sackgasse war, stieg ich in mein Auto und fuhr bis an die nächste Kreuzung vor, um dem anderen Pkw, als er vorbeikam, zu folgen. Was ich nicht wusste, war, dass diese Verfolgung etwas länger dauern würde.

An dem Aufkleber an der Heckklappe des Kombis konnte ich erkennen, dass es sich um einen Mietwagen von einer in Goslar ansässigen Autovermietung handelte. Bei einem unfreiwilligen Halt in einem Stau auf der A1 bei Soltau gab ich die Telefonnummer des Vermieters von dem Button in mein Smartphone ein. Mir war auch nicht klar, was mich dazu getrieben hatte, dem Skoda Octavia zu folgen. Aber ich hatte so ein Gefühl gehabt.

Der Octavia fuhr auf die Raststätte Allertal, um zu tanken. Ich nutzte die Zeit, um Hellmuth Gelegenheit zu geben, sich zu lösen. Währenddessen telefonierte ich mit der Autovermietung.

Ich meldete mich mit Müller, gab vor, dass mich der Octavia geschrammt hätte und bat um die Daten des Fahrers, um das mit ihm persönlich, ohne Mitwirkung der Polizei, regeln zu können. Da das auch im Interesse des Autovermieters war, gab man mir die Anschrift des derzeitigen Aufenthaltsortes des Fahrers, so wie seinen Namen:

Raducu Fierar, Altenau / Oberharz, Hotel „Drei Bären“, notierte ich in mein Smartphone.

Über das Internet bekam ich heraus, dass es sich dabei um einen rumänischen Namen handelte. Fierar bedeutete demnach so viel wie Schmied.

Hellmuth hatte währenddessen seine „Geschäfte“ erledigt. Da ich ja nun das Ziel kannte, war ich etwas entspannter bei der Verfolgung. Im gemäßigten Tempo fuhren wir dann bis zur Abfahrt Goslar, von dort weiter in Richtung Clausthal-Zellerfeld. Nachdem wir die Universitätsstadt durchquert hatten, war es nicht mehr weit bis Altenau.

Diese ehemals freie Bergstadt ist ein heilklimatischer Kurort am Fuße des Bruchbergs und bei Aktiv- und Erholungsurlaubern sowohl im Winter als auch zur wärmeren Jahreszeit gleichermaßen beliebt. Altenau ist idealer Ausgangspunkt für Wanderungen auf dem umfangreichen und gut beschilderten Wanderwegenetz des Nationalparks Harz.

Ich hatte mir unterwegs bereits ein Zimmer im Hotel „Drei Bären“ reserviert, musste nur noch ein paar Kleinigkeiten wie Zahnbürste und Zahnpasta sowie Unterwäsche und einen Schlafanzug besorgen. Auch ein neues Hemd und einen schicken Pullover gönnte ich mir. Das alles verstaute ich in einer kleinen Reisetasche, die ich für 17,50 Euro beim Discounter erwarb. So ausgestattet, checkte ich im „Drei Bären“ ein.

*

„Raducu Fierar“, gab ich den Namen an die Personalabteilung vom Spargelhof von Jost-Reinfried durch. „Und schaut mal auch ein paar Jahre zurück, wenn das geht? Mail mir das Ergebnis dann bitte auf mein Smartphone, die Nummer hast du ja.“

„Alles klar, mach ich, setz mich sofort dran“, antwortete Kerstin, die „Personalfee“ vom Spargelhof, wie sie sich selbst nannte.

Ich hatte Hunger und ging mit Hellmuth in den Ort, das Hotel verfügte über kein eigenes Restaurant. Im Internet hatte ich gesehen, dass die Küche des Cafés Meier einen guten Ruf hatte. Ich trat ein und fragte den Hausherrn gleich, ob Hellmuth mit in das Café durfte. Ich setzte mich in eine Ecke, eine Angewohnheit von mir, um alles überblicken zu können. Ich bestellte mir einen großen Kaffee und studierte die Speisekarte.

„Ich hätte gern ein Schnitzel Jäger-Art mit Bratkartoffeln, dazu bitte ein Pils und einen Schierker Feuerstein“, bestellte ich mein Abendessen.

Nach dem sehr leckeren Essen machte ich mich mit Hellmuth auf den Weg ins Hotel.

An der Rezeption stand Raducu Fierar und telefonierte, er sprach Rumänisch.

„...Ce crezi crezi, mâine cazan în Olanda. Din moment ce eu sunt toată ziua. Ok, o să sun când am sosit", sagte er.

Was so viel hieß wie: „...was denkt ihr euch, morgen nach Kessel in Holland. Da bin ich ja den ganzen Tag unterwegs. Okay, dann melde ich mich, wenn ich angekommen bin."

Rumänisch habe ich einmal gelernt, als ich noch beim Militär war, hatte es lange nicht gebraucht, aber doch noch alles verstanden.

Der Rumäne drehte sich zur Rezeption um und fragte in gebrochenem Deutsch: „Ab wann kann ich morgen früh auschecken?"

„Sechs Uhr", antwortete der Rezeptionist.

„Und Frühstück?"

„Auch ab sechs", beantwortete der Mann an der Rezeption die Nachfrage.

„Okay, Dankeschön", verabschiedete sich der Rumäne.

Ich ging gleich zum Schalter. „Ich möchte morgen früh auschecken, kann ich das Administrative heute Abend schon erledigen?", fragte ich nach.

„Aber sicher, gerne. Möchten Sie noch frühstücken?"

Ich bejahte das, bezahlte den genannten Betrag und ging auf mein Zimmer. Ich blätterte in der Gästemappe herum und las die spannende Geschichte des Hotels, das früher einmal eine Jugendherberge war.

Man schließt die Augen, in Gedanken versunken, die Reise beginnt. Alles begann im Jahre 1927 mit einem kleinen, jetzt in den Jahren gekommenen Haus. Es hatte 13 Zimmer. Die Toiletten und Duschen befanden sich im Flur nahe dem Treppenhaus. Im unteren Bereich wurde die damalige Terrasse, so um 1958, in die Wohnung der Herbergseltern umgebaut, die immer mit Herbergsvater und Herbergsmutter angesprochen wurden. So um 1949 bis 1952 wurde der erste Anbau getätigt, wo das Hilfspersonal untergebracht wurde. Unter diesem Anbau befanden sich zu den Anfängen die Stallungen für die Schweine, die auch selbst geschlachtet wurden, sowie die Küche. Dort mussten die Kinder auch selbst Kartoffeln schälen. Nur die gut Betuchten haben sich durch einen Obolus entzogen, so dass die Hilfskräfte in ihrer Pause für sie geschält haben.

An der Rezeption wurden nur die Sitzgelegenheiten ausgetauscht: Statt der anfänglichen Holzbankecke gab es nun bequeme Sofas und Sessel. Das öffentliche Telefon unter der Wendeltreppe existiert nicht mehr. Die Hauptgänge sind geblieben und wurden nur durch Kleinigkeiten verschönert…

Ich war über dem recht interessanten Hotelprospekt eingenickt, obwohl ich noch einiges vorhatte. Jetzt telefonierte ich zuerst mit Linda, sie hatte etwas für mich recherchiert und hoffentlich auch schon ein Ergebnis.

„Hallo Linda", begrüßte ich sie. „Hast du schon was?"

„Ja, stell dir vor, der Schwiegersohn hat den gleichen Nachnamen wie der Alte – van Schouten."

„Danke Linda, das war genau die Information, die ich brauche", bedankte ich mich und beendete das Gespräch.

Jetzt telefonierte ich mit dem Hotel in Kessel und hoffte, dass ich dort ein Zimmer bekam. Das kleine Hotel „Design Het Raadhuys" hatte tatsächlich noch was für mich. Ich machte mir ein paar Notizen, telefonierte noch mit Jost-Reinfried, informierte ihn über meine Reise nach Holland und gab ihm die Telefonnummer vom Hotel, falls er mich erreichen wollte. Dann ging ich noch mal mit Hellmuth auf die große Wiese gegenüber dem Hotel. Sie lag neben einem Friedhof. Das hier war im Winter der Auslauf einer Skipiste. Hellmuth war das Schnurz, er tätigte sein „Geschäft", danach gingen wir zu Bett. Wir wussten ja nicht, wie lang der morgige Tag werden sollte.

Um fünf Uhr klingelte der Wecker. Ich packte rasch alles zusammen, brachte Hellmuth, nachdem er sich gelöst hatte, schon ins Auto. Hunde waren im Frühstücksraum leider nicht erwünscht. Ich kann die Menschen verstehen, die das nicht wollen. Es war auch kein Problem für mich.

Das Frühstück war bombastisch, alles was man sich wünschen konnte, war frisch am Büffet. Selbst gebratener Speck mit Rührei und Nürnberger Würstchen war im Angebot. Ich langte ordentlich zu, war Frühstück doch meine wichtigste Mahlzeit. Vollgefuttert stand ich mit meinem Auto auf dem Hotelparkplatz und wartete auf den Rumänen. Ich folgte ihm dann, immer darauf bedacht, dass sich mindestens ein Fahrzeug zwischen uns befand.

9. Kapitel
Auf Leben und Tod

Nachdem wir ohne nennenswerten Stau in Kessel angekommen waren, zog der Rumäne in eine kleine Pension ein. Ich fuhr weiter zu meinem Hotel und wollte erst einmal etwas essen.

Kessel ist eine der kleinsten Gemeinden der Provinz Limburg. Den historischen Dorfkern bildet die am Marktplatz und auf einer Anhöhe, an der Maas gelegene mittelalterliche Schlossruine De Keverberg. Sie zählt zu den ältesten Schlössern in den Niederlanden.

„Guten Tag", begrüßte mich der Hotelbesitzer, „möchten Sie das gleiche Appartement wie beim letzten Mal?"

„Ja sehr gerne, wenn das möglich ist", freute ich mich über das Angebot, hatte das Zimmer doch eine tolle Aussicht auf die Maas.

„Wenn es möglich ist, möchte ich noch eine Kleinigkeit essen." Da es schon nach zwei Uhr war, hoffte ich auf eine positive Antwort.

„Aber klar doch, Sie sind ja fast schon ein Stammgast", lächelte der Hotelier und gab der Küche Bescheid, dass noch ein Nachzügler speisen würde.

Ich bedankte mich, ging gleich mit Hellmuth ins Restaurant und bestellte mir „Peen en Uien" mit „Gehaktballen" (Frikadellen) – ein holländisches Nationalgericht; das war so etwas wie Kartoffelstampf mit Möhren. Dazu bestellte ich mir ein kühles Amstel Pils.

Nachdem ich lecker gegessen hatte, brachte ich meine Tasche aufs Zimmer und machte mich mit Hellmuth auf den Weg, zu dieser auskunftsfreudigen freundlichen Verkäuferin des Obst- und Gemüsehandels am Ortsrand von Kessel.

Ich hatte Glück, der Stand war besetzt.

„Guten Tag, gute Frau“, begrüßte ich die Frau am Stand. „Ich war letztens schon mal bei Ihnen, vielleicht erinnern Sie sich? Wir sprachen damals über Jooris van Schouten?“

„Ja, ja, ich weiß noch, wer Sie sind, solch einen großen Hund sieht man hier eher selten“, antwortete die Holländerin.

Ich berichtete ihr, was ich auf dem Hof von Jooris van Schouten erfahren hatte.

„Ja, das ist noch schlimmer gekommen, Joris ist seiner Frau gefolgt, hat sich wohl das Leben genommen, wie man sich so erzählt.“

„Oh, das tut mir leid“, antwortete ich betroffen, hatte ich mit solch einer Nachricht nun gar nicht gerechnet.

„Übernimmt nun sein Sohn den Hof?“, nahm ich den Faden wieder auf.

„Nee, einen Sohn hat er nicht, der Erbe ist der Schwiegersohn, der übernimmt den Hof, ist ja sonst keiner da. Ob er das kann, ist die Frage. Der hatte doch die ganzen letzten Jahre nur seine Karriere im Blick.“

„Was hat er denn so beruflich gemacht?“, hakte ich nach.

„Der ist studierter Biologe, hat in einem großen Institut in Amsterdam mit Gemüsesorten experimentiert, wohl auch mit Erfolg, wie man so hört."

„Vielleicht konzentriert er sich ja wieder der Zucht von Spargelsorten, das hat sein Schwiegervater doch auch schon gemacht?"

„Ja, das will er wohl, er sucht gerade Kapitalgeber für eine Zuchtbasis in Deutschland", wollte die Frau gehört haben.

„Wie heißt der Schwiegersohn eigentlich mit Vornamen?", fragte ich die Verkäuferin.

„Mattes", antwortete sie. „Das ist ein in den Niederlanden nicht so gängiger Name, seine Mutter ist eine Norwegerin", klärte sie mich auf.

Wir sprachen noch über die diesjährige Spargelernte in Holland, die wie in Deutschland auf Grund der Witterungsverhältnisse wohl nicht so gut angefangen hatte. Ich kaufte noch ein paar Bananen für Hellmuth, verabschiedete mich und ging zurück zum Hotel. Biologe war dieser Mattes van Schouten also, das war eine interessante Information.

Ich rief Jost-Reinfried an und berichtete ihm, was ich erfahren hatte. Wir sprachen ab, dass ich mich als Beauftragter möglicher Kapitalgeber ausgeben sollte, um zu erfahren, was das mit der deutschen Zuchtbasis auf sich hatte.

*

Raducu Fierar hatte schlecht geschlafen. Als er gestern nach Kessel unterwegs gewesen war, war ihm ein Wagen gefolgt. In Osnabrück war ihm das Fahrzeug das erste Mal aufgefallen, es war ihm dann bis Kessel gefolgt. Erst als er in der Pension verschwand, war der Wagen weitergefahren.

Aber wer konnte wissen, dass er sich in den Niederlanden befand? Er wollte vorsichtiger sein, hatte er doch einen klaren Auftrag. Fünfzigtausend Euro, wenn er den gut erledigte. Er war bekannt dafür, dass er alle seine Aufträge lautlos und ohne Spuren ausführte. Momentan war er gut im Geschäft, einen Folgeauftrag in Spanien hatte er auch schon in der Tasche.

„Raducu, sei vorsichtig“, sagte er sich. Er fuhr mit seinem Mietwagen nach Limburg und gab diesen dort ab. Er wunderte sich, dass der Wagen sehr intensiv auf Schäden untersucht wurde, dachte sich aber nichts weiter dabei.

Bei einem ortsansässigen Autovermieter mietete er sich einen Jeep Renegarde, fuhr zurück nach Kessel, checkte bei seiner Pension aus und suchte sich ein Zimmer in einem Bed and Breakfast am Ortsrand von Kessel.

Raducu telefonierte noch einmal mit seinem Auftraggeber, er brauchte noch ein paar Detailangaben zu seinem Zielobjekt.

„Also, das habe ich jetzt richtig verstanden: Ich soll ihn in Amsterdam abpassen? Das birgt für mich aber ein höheres Risiko in der Stadt", gab er zu bedenken.

„Okay, okay, ich mach das ja, beruhige dich wieder", beschwichtigte Raducu seinen Telefonpartner.

„Wenn die Hälfte der Prämie auf dem Konto ist, fahre ich los, die andere Hälfte innerhalb von 24 Stunden nach Auftragserfüllung", erinnerte er noch einmal an die Modalitäten der Bezahlung.

„Wenn du meine Bestätigung bekommen hast, vernichte das Handy! Verstanden?!", ordnete er sehr deutlich an.

Es war ein kurzes Gespräch, das er in rumänischer Sprache führte. Raducu wusste nun, wer das Zielobjekt war und wo er es antreffen würde. Am Nachmittag musste er erst einmal zwecks Observation nach Amsterdam fahren.

*

Es war verdammt spät geworden gestern Abend. Ich hatte noch etwas länger mit dem Hotelbesitzer an der Bar gesessen und über die Asylsituation in Europa debattiert. Die rechte Szene war auch hier sehr aktiv und holte, wie bei uns in Deutschland, immer mehr politikverdrossene Bürger mit ins Boot. Schlimm, dass Menschen, wenn es an die eigene wirtschaftliche Substanz geht, ihre Werte über Bord werfen.

Es war schon gegen acht Uhr, als ich mit Hellmuth eine Runde durch den Ort machte. Wir waren jetzt in der Nähe der Pension, in der Fierar untergekommen war. Als wir die Hauptstraße überqueren wollten, kam ein Jeep Renegarde um die Ecke, er war sehr schnell unterwegs, weshalb er mir überhaupt auffiel. Der Wagen hielt vor der Pension; Raducu Fierar stieg aus. Ich stellte mich gegenüber an einen Kiosk, kaufte einen Kaffee „to go" und beschloss, erst einmal abzuwarten, was sich da entwickelte.

Nach etwa 10 Minuten kam Fierar mit seinem Rollkoffer aus der Pension und fuhr mit hoher Geschwindigkeit davon. Ich war völlig überrascht von der Entwicklung, konnte aber mangels fahrbaren Untersatzes dem Fahrzeug nicht folgen.

So beschloss ich, mit Hellmuth die Runde durch den Ort fortzusetzen, auch musste ich nun über meine überhastete Verfolgung nachdenken. War ich schon wieder in einer ermittlungstechnischen Sackgasse gelandet?

Am Ortsausgang sah ich dann den Jeep wieder, er stand vor einem Bed and Breakfast. Ah, dachte ich, der hat wohl Lunte gerochen und schnell Auto und Quartier gewechselt. Dabei hatte ich mir bei der Verfolgung doch solch eine Mühe gegeben. Das musste ein Profi sein, die sind von Haus aus viel umsichtiger, anders konnte ich mir das nicht erklären. Ich beeilte mich, um mit Hellmuth schnell in mein Hotel zurück zu kommen, bestellte mir beim Portier einen Leihwagen und machte mich wieder auf den Weg zur Unterkunft von Raducu Fierar.

Hellmuth war nicht ganz einverstanden mit seinen Platzverhältnissen, aber von einem VW Golf konnte man nicht mehr erwarten. Ich hatte dieses Allerweltsauto absichtlich gemietet, um nicht schon wieder bei der Observation aufzufallen. Soviel war klar: Ich musste vorsichtiger sein.

*

Raducu hatte sich noch etwas hingelegt, jetzt sollte es aber losgehen! Er schaute nochmal auf die Karte, um die beste Strecke zu finden. Er entschied sich für eine Route über die A73 bis Ewigh, dann A50 bis Grisoord, A12 bis Maanderbroeck, A30 bis Barneveld, dann auf die A1 bis Amsterdam. Einhundertachtzig Kilometer waren das.

Von dem Wechseln der Autobahnen versprach er sich etwas mehr Kontrolle über mögliche Verfolger. Drei Stunden plante Raducu, wollte er doch zwei längere Stopps einlegen, um den nachfolgenden Verkehr zu beobachten. Das Ziel war ein kleines Bed and Breakfast im Ortsteil Diemerburg. Hier hielt sich nach seinen Informationen die Zielperson in einem Laboratorium in der Javastraat auf.

Nach einem Online-Check seines Kontos – die erste Hälfte war angewiesen worden – fuhr Raducu dann in Richtung A73 davon.

Einen Verfolger konnte er auch nach mehrmaligen Richtungswechseln zu Beginn der Fahrt nicht ausmachen. Raducu suchte sich im Radio einen Klassiksender heraus – er liebte Klassik – und ließ die Reise langsam angehen.

Die Hafenstadt Amsterdam ist nicht nur die Hauptstadt, sondern auch die einwohnerstärkste Stadt der Niederlande. Amsterdam hat über 800.000 Einwohner und mit den umliegenden Stadtteilen sogar 1,3 Millionen. Wir befanden uns im Stadtteil Diemerburg.

Es war gar nicht so einfach, dem Rumänen zu folgen, wandte er doch alle Tricks an, um einen möglichen Verfolger abzuschütteln, aber ich blieb hartnäckig an ihm dran.

In Amsterdam angekommen, verschwand Raducu gleich wieder in einem kleinen Bed and Breakfast. Ich nutzte die Zeit, um noch einmal mit Jost-Reinfried zu telefonieren. Wir sprachen über Mattes van Schouten, aber auch über den Rumänen und sein auffälliges Verhalten.

„Dann bleib bitte vorerst an dem Rumänen dran und versuche, wenn du die Gelegenheit hast, Mattes van Schouten zu erreichen", legte sich Jost-Reinfried fest.

„Ok, dann mach ich das so", versprach ich.

Jost-Reinfried sagte mir noch, dass in seiner Personalkartei kein Fierar zu finden gewesen sei, wie Kerstin wohl für ihn recherchiert hatte. Wir verabschiedeten uns, ich versprach, am nächsten Tag wieder anzurufen.

Ich suchte mir ein kleines Motel und ging noch mit Hellmuth spazieren. Hier im Stadtteil gab es unzählige Parks, in denen man herrlich laufen konnte.

Nach unserer Rückkehr ging ich noch einmal mein Recherchematerial durch und stellte fest, dass der Arbeitgeber von Mattes van Schouten, ein großes Institut zur Erforschung von Gemüsesorten, ganz in der Nähe lag. Das ließ vermuten, dass der Rumäne und ich das gleiche Ziel hatten.

Ich suchte mir die Telefonnummer des Institutes heraus und rief dort an. Nachdem ich mit van Schouten verbunden worden war, stellte ich mich als Kontaktmann eines Investors vor und bekam auch gleich einen Termin für den nächsten Tag um zehn Uhr.

Ich sollte beim Pförtner warten, Mattes van Schouten wollte mich dort abholen, da man sich in dem Institut wegen der hohen Sicherheitsstufe wohl nur in Begleitung bewegen durfte.

Ich ging früh zu Bett, hatte ich doch etwas Schlaf nachzuholen.

*

Raducu fuhr gleich nach dem Einchecken in die Javastraat zu dem Institut, in dem seine Zielperson tätig war. Der Pförtner am Einlass war sehr redselig, so wusste Raducu nach kurzer Zeit, dass sich seine Zielperson im Hause befand. Er bedankte sich und ging zu seinem Fahrzeug zurück. Hier wartete er dann noch etwa vier Stunden, bis die Zielperson gegen zehn Uhr nachts aus dem Institut kam. Er folgte dem Mann, der aber gleich wieder in einer Mitarbeiterunterkunft in der Nähe verschwand. Laut Klingelschild wohnte van Schouten, hier.

Raducu suchte den Wagen des Mannes und wurde auf einem nahen Parkplatz fündig. Es war ein Mercedes E-Klasse. Raducu nahm einige Manipulationen an der Bremse vor und verschwand so unauffällig wie möglich.

Zurück in der Unterkunft, ließ er den Tag Revue passieren, war mit dem Ergebnis zufrieden und legte sich schlafen.

*

Ich genoss ein typisch holländisches Frühstück: In Holland nennt sich das Frühstück Ontbijt. Es fällt in der Regel sehr süß aus: Standard sind Schokoladenstreusel (Hagelslag) und Schokoladenflocken (Vlokken) auf dem Frühstückstisch. Diese werden auf Butterbrötchen gestreut. Wer probierfreudiger ist, der sollte auf alle Fälle die Anisstreusel (Muisjes) probieren. Als eine weitere süße Leckerei gelten Sirupwaffeln (Stroopwafels), die besonders gut zu Kaffee schmecken. Besonders lecker sind sie, wenn man sie etwas über dem heißen Kaffee erwärmt, so dass der Sirup weich wird. Neben diesen süßen Delikatessen werden in Holland auch gerne Wurst und Käse zum Frühstück gegessen. Auch die eher salzige Erdnussbutter (Pindakaas) darf natürlich nicht fehlen.

Gestärkt machte ich mich auf den Weg in die Javastraat. Der Pförtner rief sogleich bei Mattes van Schouten an, der mich abholte. Wir gingen nach einer kurzen Begrüßung über die unendlich langen Flure des Institutes, bis wir einen kleinen Besprechungsraum erreichten.

„Möchten Sie einen Kaffee?", fragte van Schouten.

„Ja, bitte", nahm ich sein Angebot an.

Van Schouten orderte über eine Sprechanlage Kaffee und bat mich, Platz zu nehmen. Nach dem üblichen Vorstellungsgeplänkel sprachen wir über die Planung seiner Zuchtbasis in Deutschland.

„Ja, ich bin dabei, einen Hof zu erwerben, auf dem schon erfolgreich Spargelnachzuchten getätigt wurden. Leider ist der Besitzer verstorben, und ich verhandle momentan mit seinem mutmaßlichen Erben. Da der Besitzer keines natürlichen Todes gestorben ist, habe ich mit dem Erben eine Kaufoption ausgemacht und auch schon Geld vorgeschossen, um ihn bei der Stange zu halten", berichtete Mattes van Schouten.

„Das ist nicht zufällig der Hof von Hubert von der Ahe, und Sie verhandeln mit Josef Hitzelsberger?", fragte ich einfach drauflos.

„Woher wissen Sie das?" Seine Aufregung konnte van Schouten nicht verbergen.

„Ich bin ein Bekannter von Josef und habe soeben eins und eins zusammengezählt", antwortete ich.

„Okay, einen Investor haben Sie dann auch nicht?", wollte er das Gespräch offensichtlich beenden.

„Ich fahre doch nicht von Kessel durch die halben Niederlande, wenn ich kein Geschäft machen kann", antwortete ich.

„Also haben Sie einen ernsthaften Geldgeber?" Mattes van Schouten war immer noch aufgebracht.

„Ja, den habe ich, und der kommt sogar aus der gleichen Gemeinde wie Josef", beschwichtigte ich nochmal.

Langsam beruhigte van Schouten sich wieder, wir besprachen noch das ein oder andere Detail, als van Schouten mich fragte, ob ich heute noch nach Kessel zurückfahren würde. Als ich das bejahte, bat er mich ihn mitzunehmen, da er sein Fahrzeug zu einer Inspektion angemeldet hatte. Wenn er bei mir mitfahren könnte, musste er sich keinen Mietwagen nehmen. Wir verabredeten uns für vierzehn Uhr, wollten dann auf der Rücktour noch das eine oder andere besprechen.

Nachdem ich mich verabschiedet hatte, ging ich mit Hellmuth in den in der Nähe liegenden Park Frankendael. Hier konnte er sich nochmal so richtig austoben und auch ein Bad in einem der unzähligen Seen in diesem Park ließ sich Hellmuth nicht nehmen.

Zurück in der Unterkunft, legten wir uns noch zwei Stunden hin, um dann ausgeruht die Rückfahrt nach Kessel antreten zu können.

*

Raducu Fierar lag schon lange auf der Lauer, als Mattes van Schouten endlich seine Unterkunft verließ.

Aber was war das? Van Schouten stieg nicht in seinen Wagen, er wurde von einem VW Golf, der hier seit geraumer Zeit wartete, abgeholt. Hatte er etwa Verdacht geschöpft? Das konnte nicht sein, war die Manipulation an der Bremse doch so professionell gemacht, dass selbst ein Fachmann Schwierigkeiten haben würde, sie zu erkennen.

Raducu entschloss sich, dem Golf zu folgen. In weiser Voraussicht hatte er heute Morgen sein Bed and Breakfast geräumt, bezahlt hatte er gleich bei der Ankunft. Das machte er immer so, in seinem Job musste man immer auf dem Sprung sein.

Die Fahrt ging auf direktem Weg nach Kessel, vermutete er nach einem Blick in die Karte. War ja auch nicht verwunderlich, weil das der Heimatort van Schoutens war, dachte sich Fierar und setzte die Verfolgung fort. Der vorausfahrende Golf fuhr ganz schön schnell, er hatte Schwierigkeiten zu folgen. Hier rächte sich seine Schwäche für den Jeep.

*

Bei einem Zwischenstopp bei Eindhoven setzten wir uns für einen Moment nach draußen in die Sonne. Wir sprachen über die Kaufoption auf Huberts Hof.

„Was versprechen Sie sich von dem Erwerb des Hofes, der Sortenschutz ist doch schon beantragt?“, fragte ich Mattes van Schouten.

„Mich interessieren die Setzlinge, die sich noch in den Spargelbeeten im Gewächshaus befinden. Das soll meine Grundlage für neue Studien an einer neuen eigenständigen und nachbauverträglichen Sorte sein. Quasi als Grundstock, verstehen Sie?", schilderte er seine Beweggründe.

„Können Sie nicht diese neue Sorte ‚Josef' erwerben und dann damit auf den Markt gehen?", forschte ich nach.

„Das geht nicht, Hitzelsberger will diese Sorte in die Versteigerung geben, dort werden Millionenbeträge geboten, da kann und will ich nicht mithalten", erklärte van Schouten.

„Was ich nicht verstehe: Seit geraumer Zeit werde ich von einem Spargelzüchter aus Peru kontaktiert, der hat, wie auch immer, erfahren, dass ich die Hofstelle kaufen will. Nun, er möchte mir diese wieder abkaufen. Ich soll dann für ihn in Deutschland weiterforschen und die Ergebnisse möchte er dann in Peru in der Spargelproduktion einsetzen", berichtete er. „Ich habe das abgelehnt, aber der lässt nicht locker, hat mir sogar schon einen Vermittler ins Institut nach Amsterdam geschickt. Ich will das nicht, er aber droht schon unterschwellig. Das macht mir Angst."

Die Unsicherheit stand van Schouten ins Gesicht geschrieben, offensichtlich wusste er nicht, was er von dem Ganzen halten sollte.

„Hat Jupp, Herr Hitzelsberger, denn Dritte über den möglichen Verkauf informiert?"

„Nee, der hat nichts erzählt, müsste er doch dann die Anzahlung, die er ja schon ausgegeben hat, an mich zurückzahlen. Keine Ahnung woher der Peruaner das hat."

Van Schouten stand auf, er wollte nochmal zur Toilette, bevor wir weiterfuhren. Ich wartete mit Hellmuth im Auto. Als er nach einer Viertelstunde noch nicht zurück war, schaute ich einmal bei den Toiletten vorbei. Mattes van Schouten war aber nirgends zu finden.

Dann endlich, ich hatte schon fast aufgegeben, fand ich ihn. Er saß auf dem Kantstein einer Parkbucht im hinteren Bereich der Raststätte, den Kopf in die Hände gestützt.

„Herr van Schouten", rief ich. „Ist alles in Ordnung mit Ihnen?"

Mattes van Schouten drehte sich um, schaute mich an und berichtete mir von einem Anruf seiner Werkstatt aus Amsterdam: Ein Mitarbeiter der Werkstatt hatte seinen Wagen zur Inspektion abgeholt und war mit dem Fahrzeug verunglückt. Es hatte keinen Personenschaden gegeben, aber die Untersuchung des werkstatteigenen Gutachters hatte ergeben, dass die Bremsen manipuliert worden waren.

„Da wollte mir jemand ans Leben", sagte van Schouten geschockt.

Ich begleitete den offensichtlich völlig fertigen van Schouten zu meinem Golf, wir stiegen ein und fuhren weiter. Beim Verlassen der Raststätte sah ich im Augenwinkel einen Jeep Renegarde. „Kann das sein?", dachte ich und nahm mir vor, von jetzt an etwas häufiger in den Rückspiegel zu schauen. Mattes van Schouten sagte ich davon nichts.

In Rijkel angekommen – Rijkel ist ein Weiler, der Teil der Gemeinde Beesel ist – setzte ich Mattes van Schouten auf seinem Hof ab und fuhr in das Hotel nach Kessel an die Maaß.

Ich ließ den Golf durch den Verleiher abholen, ging ins Restaurant und gönnte mir ein großes Steak mit Bratkartoffeln und als Nachspeise heiße Zwetschgen mit Walnusseis. So gesättigt, setzte ich mich an die Bar und genehmigte mir ein Amstel Pils, dazu, wie in Holland üblich, einen De Kuyper Jenever.

„Die ganze Sache scheint mächtig verfahren", dachte ich so bei mir, ging in mein Appartement und baute meine Recherchewand wieder auf.

Was hatte ich? Da war Hubert von der Ahe, Biologe mit einer bahnbrechenden Spargelzüchtung, Tot.

Josef Hitzelsberger, der Erbe, der den Hof von Hubert gerne veräußern würde, die Spargelsorte aber in die Versteigerung geben wollte, um einen hohen Preis zu erzielen.

Der Hamburger Lude und Drogendealer, der aber auf Grund seines Knastaufenthaltes nicht als Täter in Frage kam.

Mattes van Schouten, der den Hof erwerben wollte und auch schon erhebliche Summen angezahlt hatte.

Sowie Raducu Fierar, der Interesse an Mattes van Schouten hatte und offensichtlich dessen Auto manipuliert hat.

Sowie der ominöse Peruaner, der van Schouten den Hof abspenstig machen wollte.

Ich beschloss, morgen in der Frühe nochmal bei van Schouten vorbei zu schauen, vielleicht konnten wir gemeinsam zumindest die Geschichte mit dem Peruaner klären.

Ich telefonierte mit Jost-Reinfried, meinem Auftraggeber, und berichtete ihm, was ich ermittelt hatte. Auch erzählte ich ihm von meiner weiteren Vorgehensplanung.

„Sei bloß vorsichtig", sagte er abschließend.

Wir vereinbarten, am nächsten Tag wieder zu telefonieren, wünschten uns gegenseitig eine gute Nacht und beendeten das Gespräch. Ich lief noch eine knappe Stunde mit Hellmuth durch den Ort – er war ja heute etwas zu kurz gekommen! Dann ging auch ich zu Bett.

*

Nach dem Frühstück machte ich mich mit Hellmuth auf den Weg zur Hofstelle von Mattes van Schouten. Meinen Wagen stellte ich auf dem Parkplatz vor dem Hofladen ab und fragte einen jungen Mann, der auf dem Hof herumlief, nach Mattes van Schouten.

„De Heer Mattes van Schouten is terug op het laatste Hui, sir. Ik geloof nog steeds dat hij heeft ontbijt", antwortete der junge Mann.

Ich verstand, dass Mattes wohl im letzten Haus sei und noch frühstückte. Also marschierte ich über den ganzen Hof – ein großes Anwesen mit kleinen und großen Hallen, einer Werkstatt, Gewächshäusern, aber auch zwei großen Wohnhäusern mit Walmdach. Das erste Wohnhaus sah so aus, als wäre es das Haus der beiden verstorbenen Schwiegereltern von van Schouten. Das zweite Haus war etwas moderner angelegt, ich vermutete hier das Haus von Mattes und seiner Frau.

Ich war noch gut hundert Meter vom Haus entfernt, als ich Bewegung am Hinterhaus bemerkte. Ich sah Mattes mit zögerlichem Schritt auf einen Jeep zu gehen, ihm folgte Fierar mit einer Jacke über dem Arm. Hier stimmte etwas nicht!

„Mattes van Schouten", rief ich, so laut ich konnte.

Fierar stieß Mattes zum Auto und brachte ihn über die Fahrertür auf den Beifahrersitz, stieg selbst ein und raste mit hoher Geschwindigkeit zum hinteren Teil der Hofstelle.

Ich rannte zurück zu meinem Fahrzeug, startete den Motor und folgte vorsichtig dem Jeep Renegarde. Hinter einer großen Lagerhalle sah ich dann die Durchfahrt, die in ein sehr unübersichtliches Gelände führte. Hier war alles zugewachsen mit großen Bäumen und Büschen. Senken, ausgetrocknete Gräben, sowie seit Langem verwilderte Hecken säumten den Weg, der immer schlechter wurde. Gut, dass ich wieder meinen Wagen hatte: Mit Allrad konnte ich Fierar gut folgen, sah ich doch in der Ferne seine Staubwolke im Gelände.

Jetzt wurde das Gelände offener, ein geschottertes Wegenetz ließ darauf schließen, dass hier einmal ein Lager gewesen war, für was auch immer. Bunker, jetzt hatte ich es, das war mal eine Bunkeranlage für Munition der niederländischen Armee gewesen, vermutete ich.

Fierar hielt vor einem dieser Bunker an, stieß Mattes vor sich her in den Bunker, dabei schaute er sich um und kontrollierte die Umgebung.

Ich war schon ausgestiegen und das letzte Stück zu Fuß gelaufen. Hellmuth hatte ich vor dem Wagen abgelegt. So konnte ich ihn jederzeit mit der Hundepfeife zu mir rufen, wenn es angebracht sein sollte. Ich schlich mich näher an den Bunker heran. Plötzlich hörte ich ein Scharren hinter mir. „Hellmuth ist mir gefolgt“, dachte ich. Dann wurde es dunkel um mich.

*

Raducu Fierar war dem Golf bis zur Hofstelle von van Schouten nach Rijkel gefolgt und hatte sich dann dort auf die Lauer gelegt, er wollte das jetzt zu Ende bringen.

Am nächsten Morgen wartete Raducu, bis Frau und Kinder von Mattes van Schouten aus dem Haus waren. Dann schlich er sich über die offene Terrassentür ins Haus und überraschte Mattes beim Frühstück.

„Hände hoch“, befahl er auf Englisch.

Mattes war völlig perplex und kam der Anordnung nach.

„Vorwärts, wir gehen durch die Hintertür nach draußen“, ordnete Raducu an.

Mattes befolgte die Anweisungen, hatte er doch Angst um sein Leben.

„Was wollen sie von mir?“, fragte er den Eindringling.

„Nicht sprechen!“, drohte dieser mit der Waffe.

Beim Hinausgehen sah er noch, wie der Pistolenmann sich eine Jacke schnappte, die über einem Stuhl lag und sie dann auf den Unterarm mit der Pistole legte, um diese zu verbergen.

Als sie um die Hausecke kamen, um den Wagen des Mannes zu erreichen, hörte Mattes, wie jemand seinen Namen laut rief. Er wollte gerade antworten, da bekam er auch schon einen Stoß mit der Pistole in den Rücken und wurde zum Auto gedrängt. Er musste über die Fahrerseite einsteigen.

Raducu Fierar schaute beim Einsteigen in den Jeep kurz nach rechts, wo jemand nach, Mattes van Schouten gerufen hatte. „Der schon wieder“, dachte er, denn das war der Mann, der van Schouten von Amsterdam nach Rijkel chauffiert hatte.

Raducu hatte in der Nacht das angrenzende Land erkundet, ein ehemaliger Truppenübungsplatz der Niederländer, den der alte Jooris van Schouten von der holländischen Armeeverwaltung erworben hatte. Hier gab es eine versteckte Bunkeranlage, die der ideale Platz für sein Vorhaben war.

Im Rückspiegel sah er eine Staubfahne, was darauf hindeutete, dass ihnen jemand folgte. Am Bunker angekommen, brachte Raducu zuerst den Spargelbauer in einen der Bunker, dann schlich er sich durch einen nicht gesicherten Lüftungsschacht hinten heraus.

Er umging den Bunker weitläufig, um in den Rücken des Verfolgers zu kommen. Ah, da war er schon. Fierar schlich sich an den Verfolger heran, der sich nach vorn orientierte. Ohne große Vorwarnung schlug er ihn mit der Handkante nieder. Den bewusstlosen Mann brachte er in einem anderen Bunker unter, fesselte ihm die Hände auf den Rücken, zertrat das Smartphone des Mannes und verschloss den Bunker. Auch überprüfte er, ob es Möglichkeiten gab, den Bunker anderweitig zu verlassen. Das konnte er ausschließen, da hier die Belüftungsschächte noch vergittert waren. Der Mann hatte ihm nichts getan, und er hatte auch keinen Auftrag, was ihn anging, also musste er den Neugierigen nur für einige Zeit aus dem Verkehr ziehen.

Raducu Fierar ging zum anderen Bunker zurück. Unterwegs schraubte er einen langen Schalldämpfer auf die Pistole, ging hinein und schoss Mattes van Schouten ohne Vorwarnung eine Kugel in den Kopf.

Danach beseitigte er alle Spuren, reinigte seine Waffe, stieg in seinen Jeep Renegarde und verließ das Gelände. Morgen um 16:45 Uhr ging sein Flug von Amsterdam nach Barcelona, das würde er locker schaffen, dachte er so bei sich.

„Auftrag ausgeführt!", informierte er seinen Auftraggeber, „und vernichte das Handy!", ordnete er an. „Den Restbetrag dann innerhalb der nächsten 24 Stunden auf besagtes Konto! Und wenn du mal wieder etwas zu erledigen hast, weißt du ja, wie du mich findest", beendete er das Gespräch.

*

Jost-Reinfried machte sich langsam Sorgen, seit zwei Tagen hatte er nichts von Bernd Kühl gehört. Er hatte es überall versucht, im Hotel, bei van Schouten und auf dem Handy: Keiner wusste, wo Bernd war und auf einen Rückruf wartete er vergebens.

Jost-Reinfried entschloss sich, den Kriminalhauptkommissar Schmittmeyer zu informieren. Er berichtete ihm von der Verfolgung von Fierar, von den Vorkommnissen in Amsterdam sowie von der Idee, als möglicher Kapitalgeber für die Aufzuchtstation in Deutschland aufzutreten. Nach einer lauten Schimpfkanonade versprach Schmittmeyer sich zu kümmern und legte auf. Zwanzig Minuten später stand er dann mit einem zweiten Kripobeamten vor der Tür. Offensichtlich hatte Schmittmeyer sich wieder beruhigt.

„Da ist Ihr Detektiv wohl über das Ziel hinausgeschossen. Wissen Sie, wer das ist, Raducu Fierar?", fragte er, gab dann aber auch gleich selbst die Antwort: „Das ist ein international gesuchter Profikiller, zwölf Auftragsmorde hat der schon auf dem Kerbholz, nichts konnte man ihm bisher nachweisen."

„Wenn das man gut ausgeht." Schimpfte er weiter.

„Die Polizei in Kessel und Amsterdam ist informiert. Ich fliege heute noch nach Kessel, um mir vor Ort zusammen mit den Holländern ein Bild zu machen", erklärte der Hauptkommissar.

Jost Reinfried war beruhigt, gab dem Kriminalbeamten noch den einen oder anderen Hinweis. Gott sei Dank hatte Bernd ja immer ausführlich Bericht erstattet. Gegen Mittag kam dann ein Helikopter und die beiden Kripobeamten flogen nach Kessel.

*

Mir dröhnte der Schädel, musste mich erst einmal orientieren. Wo war ich hier? Was war passiert? Ich lag im Dreck, so viel stand fest, es roch nach Moder und feuchter Erde. Als ich versuchte aufzustehen, merkte ich, dass meine Hände auf den Rücken gefesselt waren – es war sehr professionell gemacht. Wenn ich da nicht herauskam, sah es schlecht für mich aus.

Beim Aufsetzen wurde mir übel. Ich musste mich übergeben. Im dritten Anlauf schaffte ich es dann aufzustehen. Es war stockfinster, keinerlei Geräusche, nur mein eigener von der Anstrengung rasselnder Atem.

Ich tastete mich langsam vor, um die Ausmaße meines Kerkers zu erfassen. Sechs Schritte nach vorn und fünfzehn Schritte quer, an der rechten langen Querseite war ein acht Schritte großes eisernes Tor. Der Boden war aus Beton und mit einer Schicht Mutterboden bedeckt. Überall lagen Strohballen herum.

Ich schob mir ein Paar dieser Ballen zu einer Bank zusammen und setzte mich einen Augenblick, um mich zu erholen.

Ich musste eingeschlafen sein. Wie lange war ich hier eigentlich schon drin? Mir fiel ein, dass Hellmuth ja da draußen am Auto lag. Ich musste Kontakt zu ihm aufnehmen, vielleicht war das eine Möglichkeit, Hilfe zu holen. Nach mehreren Versuchen hatte ich die Hundepfeife, die um meinen Hals hing, endlich im Mund. Nach kurzer Orientierung, was bei dieser Dunkelheit nicht einfach war, arbeitete ich mich an die Stahltür vor. Dort angekommen, pfiff ich mehrmals mit der Hundepfeife: Nichts. Ich versuchte es immer wieder, bis ich plötzlich aus weiter Entfernung ein Bellen vernahm. „Hellmuth", rief ich, so laut ich konnte. Hellmuth antwortete mit freudigem Gebell, aber es klang immer noch weit entfernt.

Dann kam ich drauf: Hellmuth saß vor der Tür! Wegen der dickwandigen Bunkertür klang das so weit entfernt.

Ich fand beruhigende Worte für Hellmuth, war mir aber bewusst, dass ich mich in einer hoffnungslosen Situation befand. Letzte Hoffnung setzte ich in Mattes van Schouten, vielleicht konnte er fliehen und würde Hilfe schicken.

Was dagegen sprach, war das professionelle Verhalten von Raducu Fierar, der konnte sich eine Flucht von Mattes nicht leisten und würde schon aufpassen. Nach Stunden in diesem Bunker hatte ich zudem unbändigen Durst, meine Zunge war schon leicht geschwollen, ich hatte Angst zu dehydrieren.

Stunden später. Ich hatte noch immer einen trockenen Mund. Fröstelnd saß ich auf den Strohballen, hatte Schwierigkeiten mich zu orientieren, auch war mein Zeitgefühl völlig weg. War ich hier nur ein paar Stunden gefangen, oder Tage? Ich wusste es nicht mehr. Mein Herz raste und ich hatte einen unbändigen Durst. Manchmal hatte ich wache Momente, dann wieder Phasen wie im Delirium. Ich musste hier raus, sonst würde ich nicht überleben. Aber wie sollte ich das machen, so kraftlos wie ich schon war, konnte ich mich doch kaum noch fortbewegen.

*

Raducu Fierar war mit sich zufrieden. Der Flug von Amsterdam nach Barcelona verlief ohne Probleme. Jetzt hatte er sich schon drei Tage in Barcelona erholt und konnte sich um seinen neuen Auftrag kümmern. Das Geld aus dem letzten Auftrag wurde prompt überwiesen, so war der Holland-Auftrag doch noch relativ glatt über die Bühne gegangen.

Den eingesperrten neugierigen Verfolger hakte er als Kolateralschaden ab.

Raducu hatte gerade gefrühstückt und befand sich auf dem Weg in sein Hotelzimmer in der fünften Etage. Als sich die Tür des Fahrstuhls öffnete, standen plötzlich vier vermummte Polizisten der Grupo Especial de Operaciones – das ist die Spezialeinheit der spanischen Polizei für Terrorismusbekämpfung und Geiselbefreiung – mit automatischen Waffen im Anschlag vor ihm. Wortlos und ohne großes Aufsehen warfen sie ihn zu Boden, legten Handfesseln an und führten Fierar ab.

Damit hatte Raducu überhaupt nicht gerechnet! Da war nicht der Hauch einer Chance auf irgendeine Reaktion, war er sich doch sicher gewesen, dass niemand von seiner „Arbeit" wusste.

Raducu Fierar wurde sofort mit einem Helikopter nach Guadalajara, zu ersten Vernehmung geflogen, hier war das Hauptquartier der GEO. Guadalajara ist die Hauptstadt der gleichnamigen spanischen Provinz und liegt etwa fünfzig Kilometer nördlich von Madrid am linken Ufer des Henares. Die Stadt ist geprägt von vielen Kirchenbauten und Palästen, die größtenteils aus dem 15. bis 17. Jahrhundert stammen. Als Beispiel kann hier der spätgotische Palacio del Infantado, der von 1461 bis 1570 errichtet wurde, genannt werden. Aus Zeiten der arabischen

Besetzung sind noch drei Türme der Stadtmauer und eine Brücke erhalten.

Bei der ersten Vernehmung, die der Comandante selbst mit zwei Verhörspezialisten durchführte, bissen sich die Spanier die Zähne aus. Fierar sagte außer seinem Namen nichts, aber auch gar nichts aus.

*

Kriminalhauptkommissar Schmittmeyer saß in Bernd Kühls Hotelzimmer und wertete die Recherchewand, die recht professionell gestaltet war, aus. Er hatte sofort die niederländische Polizei um Amtshilfe gebeten. Da die Zusammenarbeit mit den Holländern recht unproblematisch ist, wurde ihm ermöglicht, mit Unterstützung der Niederländer vor Ort zu recherchieren.

Die holländische Polizei hatte in Zusammenarbeit mit Europol herausgefunden, dass Raducu Fierar sich nach Barcelona abgesetzt hatte. Die Spanier waren informiert worden und observierten Fierar bereits seit mehreren Stunden.

Schmittmeyer beschloss, zuerst einmal zur Hofstelle von diesem Mattes van Schouten zu fahren. Sie war das letzte Ziel von Kühl gewesen. Mit seinen holländischen Begleitern machte er sich sogleich auf den Weg. Es waren schon vier Tage, seit Bernd Kühl verschwunden war.

Auf dem Hof angekommen, bemerkte er sofort die Unruhe unter den Angestellten beim Anblick der Polizei. Er fragte sich durch und sprach dann mit der Frau van Schouten. Sie war etwas verwundert, vermisste ihren Mann noch gar nicht, da er wieder nach Amsterdam gefahren sei, so meinte sie. Telefonische Nachfragen bei Mattes van Schoutens Arbeitgeber sowie in seiner Unterkunft ergaben, dass er die letzten Tage nicht dort gewesen war.

Bei einem Blick aus dem großen Panoramafenster im Wohnzimmer des Hauses erblickte Schmittmeyer einen großen Hund. Den kannte er doch, das war doch dieser Hellmuth, der Hund von Bernd Kühl. Sofort öffnete er die Terrassentür und rief den Hund zu sich heran. Hellmuth kam herangetrottet. Er sah gar nicht gut aus, sehr abgemagert, die Augen verklebt und die Pfoten blutig.

KHK Schmittmeyer sprach beruhigend auf Hellmuth ein, dieser schien ihn wiederzuerkennen, denn er wedelte mit der Rute.

„Hellmuth, wo ist dein Herrchen? Hellmuth, such dein Herrchen“, versuchte es der Kommissar. Hellmuth schien das zu verstehen, er lief bellend in Richtung der hinteren Hofeinfahrt.

Schmittmeyer folgte mit den holländischen Kollegen dem Hund. Als sie den Hof verließen, ging es zuerst weiter auf einem leidlich befestigten Weg. „Das war einmal ein Truppenübungsplatz der holländischen Armee“, berichtete einer der Polizisten.

Nach etwa einer halben Stunde entdeckten sie den Pkw von Bernd Kühl, er stand verschlossen vor einem alten Bunker.

„Hellmuth, such dein Herrchen. Wo ist das Herrchen? Such, Hellmuth." KHK Schmittmeyer versuchte alles, um Hellmuth bei der Stange zu halten, da der Hund keinen guten Eindruck machte.

Aber Hellmuth gab nicht auf, er führte den Trupp an mehreren Bunkern vorbei, bis er vor einem Bunker stehen blieb und bellte. Hier hatte Hellmuth ein riesiges Loch gebuddelt, er wollte wohl unter dem großen Stahltor hindurch. Daher also seine blutigen Pfoten, der arme Kerl.

Sofort machten sie sich daran, das Tor zu öffnen. Es war mit einem nicht ernst zu nehmenden Vorhängeschloss gesichert. Beim Aufschieben des Tores sahen sie, dass dort eine Person auf einigen zusammengeschobenen Strohballen lag: Bernd Kühl. Hoffentlich lebte er noch, es sah nicht gut aus. Schmittmeyer fühlte den Puls. „Er lebt!", rief er, „wir brauchen sofort die Rettung! Die Spurensicherung soll auch kommen", forderte er.

Nach wenigen Minuten war ein Rettungshubschrauber vor Ort. Bernd Kühl, der immer noch ohne Bewusstsein war, wurde an einen Tropf mit Kochsalzlösung gehängt. Eine Augenbinde sollte seine Augen vor dem grellen Tageslicht schützen, denn Kühl musste sich erst langsam wieder an das Tageslicht gewöhnen.

Der Hauptkommissar erkundigte sich beim Rettungsarzt, wie es um Bernd Kühl stand und wann er damit rechnen könnte, mit ihm zu sprechen.

Das ist schon eine fortgeschrittene Dehydration, die durch mangelnde Flüssigkeitszufuhr entstanden ist, das kann zu Verwirrtheit und Desorientierung führen, auch eine erhöhte Herzfrequenz und Muskelkrämpfe sind möglich. Im Verlauf mit Durstempfinden steigert sich das zu bedrohlicheren Symptomen. Der Organismus versucht, bei fallenden Wassergehalt den Blutkreislauf in der gewohnten Stärke aufrechtzuerhalten. Es kommt zu einer Unterversorgung der lebenswichtigen Organe und des Gehirns", erklärte ihm der Arzt.

„Wir müssen den Mann jetzt langsam aus der Bewusstlosigkeit zurückholen, erst dann können wir sehen, ob Folgeschäden vorhanden sind, die hier nicht ausgeschlossen werden können, vier Tage ohne Flüssigkeit ist schon eine sehr lange Zeit."

Der Kommissar bedankte sich, erkundigte sich noch, in welchem Krankenhaus der Detektiv behandelt werden würde und verabschiedete sich von der Rettungscrew.

Jetzt kümmerte er sich erst einmal um Hellmuth. Der Tierarzt des niederländischen Tiernotrufs hatte Hellmut bereits versorgt. „Und, wie geht es dem Hund?", fragte der Hauptkommissar den Tierarzt. „Den Umständen entsprechend geht es ihm schon wieder sehr gut, wir haben mit einem Tropf sein

Flüssigkeitsdefizit ausgeglichen und gefressen hat er auch schon. Die Verletzungen an den Pfoten sind nicht so gravierend, mit einer Salbe ist das in ein bis zwei Tagen verheilt“, antwortete dieser.

Schmittmeyer bedankte sich bei den Helfern, nahm Hellmuth zu sich in den Wagen und fuhr nach Kessel in das Hotel, hier hatte er sich eingemietet.

Die niederländische Polizei durchsuchte währenddessen mit einer Hundertschaft den ehemaligen Übungsplatz in der Hoffnung, Mattes van Schouten zu finden.

Gegen zehn Uhr in der Nacht wurde Kriminalhauptkommissar Schmittmeyer über den Fund des Leichnams van Schoutens informiert. Offensichtlich war er durch einen aufgesetzten Kopfschuss hingerichtet worden.

„Das war ein Profi, keine Spuren, keine Hinweise, ja nicht einmal ein Projektil“, sagte der zuständige Ermittler.

„Das spricht doch für Raducu Fierar“, entgegnete Schmittmeyer.

„Ja, das denken wir auch. Für morgen früh haben die Spanier, die ihn schon seit ein paar Tagen observieren, den Zugriff geplant. Aber beweisen können wir ihm den Mord nur, wenn dieser Detektiv etwas gesehen hat“, meinte der Ermittler.

„Okay, informieren Sie mich morgen bitte, ob der Zugriff geklappt hat. Ich werde mich morgen früh zuerst einmal um Herrn Kühl kümmern und ins Klinikum nach Limburg fahren", schloss der Kommissar das Gespräch ab.

Nachdem der Kommissar etwas gegessen hatte, kam er mit dem Besitzer des Hotels ins Gespräch. Dabei stellte sich heraus, dass dieser ein Hundenarr war und gerne auf Hellmuth achtgeben würde, bis es dem Herrchen wieder besser ging. Für den Kommissar war das eine annehmbare Lösung und er akzeptierte das Angebot gern. Für Hellmuth war vorerst gesorgt, jetzt musste nur noch sein Besitzer wieder auf die Füße kommen. Die Aussagen des Notarztes konnten alles bedeuten. Schmittmeyer machte sich Sorgen, hatte er den Detektiv doch gerne um sich gehabt.

*

Nach der Einlieferung hatten die Ärzte mich zuerst auf die Intensivstation eingewiesen, dort wurde ich erst einmal stabilisiert und weiterhin mein Flüssigkeits- und Mineralienverlust ausgeglichen. Auch Kreislauf stabilisierende Medikamente wurden über Infusionen zugeführt, so dass ich etwa eine Stunde nach der Einlieferung das Bewusstsein wiedererlangte. Der behandelnde Arzt erklärte mir, dass die Bewusstlosigkeit eine reine Schutzfunktion des Körpers bei mangelnder Flüssigkeit gewesen war und eher positiv zu bewerten sei. Es wurden zahlreiche Tests gemacht, um festzustellen, ob ich irgendwelche Hirnschäden davongetragen hatte. Es war alles in Ordnung. „In zwei, drei Tagen sind Sie wieder der Alte“, versprach der Arzt.

Am nächsten Morgen konnte ich die Intensivstation wieder verlassen und wurde auf eine normale Station verlegt, auch hatte ich nur noch einen „Tropf“, der mich mit Mineralien versorgte. Gegen zehn Uhr besuchte mich KHK Schmittmeyer, offensichtlich war er heilfroh, dass es mir wieder besser ging.

„Hallo, guten Morgen Herr Kühl. Wie ich gehört habe, haben Sie das Ganze ohne weitere Schäden überstanden! Das freut mich sehr“, sagte er sichtlich erleichtert.

„Ach, Unkraut vergeht nicht. Und das mit dem Herrn lassen Sie mal weg. Habe gehört, dass Sie mir das Leben gerettet haben. Es wird gesagt, dass man sich danach duzen sollte. Wenn Sie nichts dagegen haben, ich bin der Bernd“, antwortete ich und reichte ihm die Hand.

„Uwe“, sagte Schmittmeyer und nahm das angebotene Du gerne an. Er berichtete von der Festnahme von Fierar in Barcelona und vom tragischen Tod van Schoutens.

„Hellmuth ist wieder wohlauf im Hotel, der Besitzer kümmert sich, bis du wieder fit bist. Er hat alles gut überstanden“, berichtete Uwe.

„Ohne Hellmuth hätten wir dich nicht so schnell gefunden. Der Notarzt sagte, dass es Knopf auf Spitz war. Somit war dein Hund also der Retter in der

Not“, versuchte Uwe sein Licht unter den Scheffel zu stellen.

„Okay, okay, dann wart ihr es halt beide! Jedenfalls hätte ich es ohne euch wohl nicht geschafft“, entgegnete ich.

Wir sprachen noch über den Fall. Das, was jetzt geschehen war, hatte nicht unbedingt zur Klärung beigetragen.

Uwe verabschiedete sich wieder nach Deutschland. Hier würden die Holländer weiter recherchieren. Zuhause wartete ja noch seine Sonderkommission „Spargel“ mit ungelösten Problemen.

*

Jost-Reinfried rief gegen Mittag im Klinikum an und erkundigte sich nach meinem Befinden. Uwe hatte ihn noch gestern Abend informiert.

Am Nachmittag musste ich den Kriminalbeamten der Niederländer Rede und Antwort stehen. Ich stellte den Beamten alles, was ich von oder über Raducu Fierar wusste, zur Verfügung, damit er möglichst überführt werden würde.

Zwei Tage später war ich mit Hellmuth schon wieder auf dem Weg nach Hause. Die Niederlande, so schön sie auch waren, würden mich vorerst nicht wiedersehen, das stand schon mal fest.

10. Kapitel
Der Schein trügt

Nach einer einwöchigen Zwangspause, die mir mein Hausarzt verordnet hatte, waren Hellmuth und ich wieder hergestellt. Ich war auf dem Weg zur Fitness, als Uwe Schmittmeyer mich auf dem Smartphone anrief.

„Guten Morgen, Bernd, ich habe Neuigkeiten für dich", begann er das Gespräch. „Für die Hofstelle von Hubert von der Ahe soll ein Peruaner eine Kaufoption erworben haben. Der macht wohl schon Druck bei Gericht, hat er doch Angst, dass die Spargelsetzlinge ohne Düngung und Pflege verkümmern und er sie nicht mehr nutzen kann", berichtete der Kommissar.

„Kannst Du nochmal mit diesem Josef Hitzelsberger sprechen, wie der Peruaner jetzt so schnell an die Kaufoption kommen konnte?"

„Klar, mach ich, wollte heute eh wieder mit der Arbeit beginnen", versprach ich seiner Bitte nachzukommen.

Bei der Fitness powerte ich mich dann so richtig aus, achtete aber akribisch darauf, dass ich genug Flüssigkeit zu mir nahm. Das hatte mir mein Arzt geraten.

*

Die Mittagsstunde war beendet. Die beste Zeit, um Josef Hitzelsberger zu erreichen, dachte ich und ging mit Hellmuth das kurze Stück bis zum Anwesen von Bauer Öhlberg zu Fuß.

Auf dem Hof war keinerlei Bewegung, so ging ich gleich zur Unterkunft von Josef und klingelte. Ein monströser Gongschlag ertönte im Inneren, ich hörte Schritte, dann machte Jupp mir auch schon die Tür auf. Erstaunt sah er mich an, als hätte er mich hier nicht erwartet.

„Hallo Bernd, komm doch herein", bat er mich in seine Wohnung.

Ich trat ein und war erstaunt über die penible Sauberkeit in Josefs Heim, hatte ich doch eine wilde Junggesellenbude erwartet. Josef bot mir Platz an, holte eine Tasse und schenkte auch gleich Kaffee ein, den er offensichtlich für sich gekocht hatte, denn es war schon für eine Person gedeckt.

„Das ist ja eine Überraschung! Ich dachte, dich sehe ich nicht wieder, hast dich ja in letzter Zeit nicht blicken lassen", gab er sich erstaunt.

Ich ließ mich gar nicht darauf ein und kam gleich zur Sache: „Jupp, stimmt es, was man sich so erzählt: Du hast einem Peruaner eine Kaufoption angeboten, obwohl du schon von einem Holländer eine Anzahlung auf den Hof bekommen hast?", setzte ich ihn gleich unter Druck.

„Woher weißt du das mit dem Holländer?", wollte er wissen.

„Gehört", log ich.

„Also der Holländer ist schon lange raus aus dem Geschäft. Und angezahlt hat der auch nichts, hatte lediglich ein Vorkaufsrecht erworben", versuchte er eine Erklärung. „Soweit ich weiß, ist der Holländer gestorben somit ist sein Vorkaufsrecht verwirkt. Der Peruaner ist erst seit gestern im Boot. Aber woher weißt du überhaupt von dem?", hakte er nach.

„Gerüchte in der Schenke", redete ich mich raus.

Wir sprachen noch über sein Bauprojekt bei mir in der Nachbarschaft: Auf dem Bäkkerschen Grundstück wurde gerade ein protziges Einfamilienhaus errichtet.

„Das ist nur möglich, weil ich in der Schweiz geerbt habe. Heute ist es besser, man verbaut das Geld, auf der Bank gibt's ja nicht mal mehr Zinsen", begründete er den Bau seines Hauses.

Ich verabschiedete mich, nachdem wir noch einen Termin für eine neue Fotosession fürs Wochenende gemacht hatten, und ging zu Fuß mit Hellmuth nach Hause. Dort angekommen, brachte ich erst einmal meine Recherchewand auf den neuesten Stand.

Es blieben Fragen offen – die Antworten darauf interessierten mich brennend:

Wer hatte Josef über den Tot von Matthes van Schouten informiert?

Wen hat Josef in der Schweiz beerbt?

Was hatte der Peruaner mit alle dem zu tun?

Wer war der Peruaner und wer vertrat seine Ansprüche?

Wer war der Auftraggeber von Raducu Fierar?

Wann sollte die Versteigerung der neuen Spargelsorte „Josef" stattfinden, und wer waren die möglichen Bieter?

Ich verabredete mich mit Uwe Schmittmeyer für übermorgen zum Frühstück im Möwennest in Jork. Uwe wollte noch ein wenig über den Peruaner recherchieren, aber auch die Schweizer Kollegen um Amtshilfe bitten – wegen der Erbschaft von Josef Hitzelsberger.

Nachdem das Gespräch beendet war, legte ich Hellmuth das Zuggeschirr an und spannte ihn vor mein Mountainbike. Wir machten eine Tour nach Deinste zu Jost-Reinfried, um weitere Schritte abzusprechen.

Hellmuth war gut drauf, hatte er sich wegen seiner kaputten Pfoten lange zurücknehmen müssen. Er war richtig gut im Arbeitsmodus und zog das Bike flott voran. Hellmuth lief wie im Tunnel, ließ sich auch von Katzen, Kindern und anderen Hunden nicht aus dem Konzept bringen. Herrlich, so machte das Spaß!

Auf dem Hof wurde ich mit großem Hallo empfangen. Hier wusste bereits jeder, dass ich in den Niederlanden nur knapp mit dem Leben davongekommen bin. Hellmuth durfte sogar mit in das Büro von Jost-Reinfried – sonst war das tabu.

Aber als Hund, der seinem Herrn das Leben gerettet hat, hatte Hellmuth nun einen ganz anderen Status bei dem Bauern. Er verstand jetzt, warum Hellmuth am liebsten an meiner Seite war.

Hellmuth legte sich gleich zu Jost-Reinfrieds Füßen, er hatte halt den Hang zu Übertreibungen. Jost-Reinfried schien das offensichtlich zu genießen: „Hellmuth kannst du ruhig hierlassen, solch einen taffen Hund kann ich hier gut gebrauchen", sagte er schmunzelnd.

„Nee, lass Hellmuth mal bei mir, ist mein Partner und Freund in allen Lebenslagen", antwortete ich.

Da es schon später Nachmittag war, schlug Jost-Reinfried vor, einen guten Tropfen zu trinken. Ich war ja mit dem Bike unterwegs und hatte ich nichts einzuwenden. Jost-Reinfried war bekannt für sein vorzügliches Gin-Sortiment. Bisher hatte ich nur davon gehört, war aber noch nie in den Genuss dieser edlen Getränke gekommen.

Jost-Reinfried entschied sich für einen Martin Miller's Gin aus Großbritannien, dazu ein hochpreisiges 1724 Tonic Water. Das Ganze wurde mit wenig Eis gereicht. Ein Geschenk für den Gaumen war das, so was Feines hatte ich noch nie getrunken.

„Gebrannt wird Martin Miller's Gin in der 1903 gefertigten Angela, der ältesten noch betriebenen Kupferbrennblase Großbritanniens aus der Schmiede von John Dore", erklärte mir der Spargelbauer.

„Miller's ist ein klassischer Gin mit klarem Wacholder, viel frischer Zitrone und Minze auf der Zunge", schwärmte Jost-Reinfried. „Für das Tonic

Water wird 1724 Meter über dem Meeresspiegel in den chilenischen Anden das Chinin geerntet. Es ist der Champagner unter den Tonics", erklärte weiter.

Ich war begeistert von dem Drink, meine Geschmacksknospen tanzten gerade Hula-Hopp. Mit dem De Kuiper Jenever, den ich in Holland getrunken hatte, hatte das nun überhaupt nichts zu tun, obwohl ja beide Getränke ihren Ursprung in der gleichen Familie, dem Wacholder, hatten.

Wir sprachen noch über die Hofstelle von Hubert von der Ahe und wie lange die Setzlinge im Gewächshaus ohne Pflege, Düngung und Bewässerung überstehen könnten. „Da der Spargel an sich sehr robust ist, kann er noch locker vier bis sechs Wochen überstehen, wenn das Wetter so bescheiden bleibt, wie es im Moment ist. Sollte es jedoch wärmer werden, dann gehen die Setzlinge ohne korrekte Bewässerung ein", erklärte mir mein Auftraggeber.

Als wir wieder aufbrachen, war es schon fast dunkel. Hellmuth und ich fuhren jetzt mit Warnweste, man konnte ja nicht vorsichtig genug sein. Zu Hause angekommen, plante ich den nächsten Tag: Zuerst wollte ich noch einmal zur Hofstelle von Hubert von der Ahe fahren und mir den Zustand des Spargels anschauen. Danach war eine Internetrecherche nach besagtem Peruaner angesagt – hier fehlte mir noch der Name. Uwe hatte mir diesen wohl bewusst nicht genannt, aber ich war zuversichtlich, dass er ihn noch preisgeben würde. Auch Josef Hitzelsberger machte mir Sorgen, war er doch nicht ehrlich gewesen bei unserem letzten Gespräch. Da wollte ich noch einmal nachbohren.

*

8:00 Uhr: Ich war mit Hellmuth zum Hof von Hubert gejoggt und sah mich bei den Gewächshäusern um. Diese waren acht Meter breit und hundertfünfzig Meter lang, bei einer Höhe von vier Metern, und bestanden aus einer Stellage aus verzinkten gebogenen Rohren und einer knapp einen Millimeter starken Foliendeckhülle.

Der Spargel war hier jeweils in drei Reihen auf die hundertfünfzig Meter Länge gepflanzt. Die Reihen waren mit einer speziellen Dammfräse zu einem sechzig Zentimeter hohen Damm aufgedämmt worden, dieser war mit einer schwarzen Folie abgedeckt gewesen. Über dieses Konstrukt war noch ein etwa achtzig Zentimeter hoher Folientunnel gesteckt worden, um noch mehr Wärme in den Spargeldamm zu bekommen. Hiermit sollte das Wachstum beschleunigt werden.

Die Tunnelfolie hatte schon jemand heruntergenommen und zwischen die Reihen gelegt, auch war hier eine Tropfleitung zwischen die Reihen platziert, um bei zu trockenem Erdreich Wasser nachsteuern zu können. Die Spargelsetzlinge waren somit hier sicher, und meine und Jost-Reinfrieds Befürchtung, dass sie verkümmern würden, waren unbegründet.

Ich schaute mich weiter auf dem Hof um, hier war einiges passiert. Das Wohnhaus war leergeräumt und besenrein, auch die Hofstelle selbst war aufgeräumt und frei von Altlasten. Alle Maschinen und Traktoren standen frisch gewartet in den aufgeräumten Unterständen.

Josef und Huberts Liebesnest im alten Backhaus war praktisch nicht mehr vorhanden, auch die Zaunanlage sowie die hohe Mauer im Eingangsbereich des Hofes waren repariert und teilweise erneuert. Hier hatte jemand in kurzer Zeit ganze Arbeit geleistet, um den Hof für den Verkauf fit zu machen.

Ich hatte alles gesehen und wollte mich gerade auf den Rückweg machen, als Josef mit seinem Q7 auf den Hof fuhr.

„Hallo Bernd", grüßte er freundlich.

„Hallo Josef, was ist denn hier passiert?", antwortete ich gleich mit einer Frage.

„Ja, da haben ich und meine Helfer so richtig Gas gegeben, um hier Grund hinein zu bekommen. War nicht einfach, genug Leute zu motivieren mit anzufassen, aber wir haben es dann letztendlich geschafft", berichtete er nicht ohne Stolz.

„Und warum das Ganze? Hättest das bestimmt auch so verkaufen können, die Nachfrage ist doch da", fragte ich nach.

„Das ist nicht mein Stil, Ordnung muss sein. Ich bin so erzogen und kann da auch nicht über meinen Schatten springen", versuchte Jupp eine Erklärung.

Ich hakte noch einmal nach: Woher er wohl gewusst habe, dass Mattes van Schouten tot sei.

Josef erklärte überzeugend, dass dessen Ehefrau ihn informiert habe, weil sie gedacht habe, dass Mattes und Josef eine Geschäftsbeziehung gehabt hätten. Er habe das verneint, und die gute Frau habe dann auch gleich aufgelegt, berichtete Josef weiter.

„Aber Mattes van Schouten hat mir auch erzählt, dass er dir einen nicht unerheblichen Betrag auf den Hof angezahlt hat. Auch wusste Mattes von dem Peruaner, der hatte ihn schon ein paar Mal unterschwellig bedroht, wahrscheinlich hat der sogar seine Bremsen manipulieren lassen“, erklärte ich Josef.

„Nein, ich kenne den van Schouten nicht!“, entgegnete Josef energisch.

„Und der Peruaner, wie kommunizierst du mit dem, über einen Mittelsmann oder direkt?“, stellte ich weiter meine Fragen.

„Über einen Rechtsanwalt. Aus Hamburg kommt der. Kanzlei Jümmermann und Klose. Ist eine seriöse Anwaltskanzlei. Da habe ich nachgefragt, bei der Anwaltskammer. Aber was soll die Fragerei? Willst du mir was anhängen? Ich will doch nur den Hof verkaufen, mehr nicht!“, erregte sich Josef.

„Nein, nein, ich möchte nur verstehen, wer wann mit wem Kontakt hatte, um mir ein Bild zu machen“, beruhigte ich Jupp.

„Wie bist du eigentlich an den Peruaner gekommen?“, wollte ich wissen.

„Durch einen Kontakt bei einer Maschinenbaufirma in Buxtehude. Da war Hubert Kunde und hat dort mit seiner Züchtung geprahlt. Der Peruaner hat dort Maschinen bestellt und wurde natürlich hellhörig“, meinte Jupp.

„Dann kennst du also seinen Namen?“, stellte ich fest.

„Ja klar, weiß ich, wer das ist: Er heißt Rodrigues Menta und ist ein Spargelbauer in Peru, er bewirtschaftet so etwa 250 Hektar Spargel.“

Josef gab den Namen ohne große Umschweife an mich weiter. Ich hatte nicht das Gefühl, als wolle er etwas vor mir verbergen.

Wir verabschiedeten uns. Ich musste ja mit Hellmuth noch den ganzen Weg wieder zurück joggen. Das Angebot von Jupp, mich mitzunehmen, lehnte ich dankend ab.

11. Kapitel
Dem Täter auf der Spur

Ich war einer Einladung von Freunden gefolgt und nach Hamburg ins Altonaer Theater gefahren. Das Altonaer Theater ist ein kleines Hamburger Theater, das Literatur auf die Bühne bringt, darunter unter anderem Klassiker, internationale Bestseller und junge deutsche Literatur.

Nach kurzer Begrüßung und einem Drink ging das Stück dann auch schon los. Es handelte von der Geschichte einer Familie, von Leben und Tod. Schwere Kost und gar nicht so mein Metier! Ich hielt aber dennoch bis zum Schlussakt aus, um dann meine Freunde noch auf einen Drink ins Schmidts Tivoli nach St. Pauli einzuladen.

Wir saßen zusammen in einer Ecke an einem kleinen runden Tisch auf bequemen Bistrostühlen und schlürften unseren, ich glaube zweiten oder dritten Cocktail. Das Schmidts war wie immer voll, so gab es allerhand zu gucken. Da entdeckte ich am Eingang zur Herrentoilette Josef Hitzelsberger. Ich wollte gerade aufstehen, um ihn zu begrüßen, als ein junger Mann zu ihm trat und ihn innig küsste. Ich beobachtete die beiden nun mit einer detektivischen Neugier, die selbst mich überraschte. Schnell verabschiedete ich mich nach kurzer Erklärung von meinen Freunden und widmete mich wieder dem ungleichen Paar.

Ungleich: Auf der einen Seite Josef, der landwirtschaftliche Helfer von Bauer Öhlberg, und auf der anderen Seite ein junger Yuppie, der weitaus mehr Intellekt ausstrahlte als Josef. Auch der Altersunterschied war bemerkenswert, denn der war eklatant.

Nach etwa zwei Stunden – wir hatten schon weit nach Mitternacht – verließen beide das Schmidts, stiegen vor dem Haus in Hitzelsbergers Audi und fuhren in Richtung Innenstadt davon. Ich winkte mir ein Taxi und nahm die Verfolgung auf, hatte ich doch meinen Wagen, wie es sich gehörte, im Parkhaus abgestellt.

Die Fahrt ging quer durch die Hansestadt bis nach Rahlstedt. Dort hielt der Wagen vor einem Hochhaus. Die beiden verliebten Turteltäubchen verschwanden dann auch gleich im Hauseingang C. Ein Anwohner, der das Haus zeitgleich verließ, schüttelte den Kopf ob so viel Geturtel.

Ich bezahlte schnell mein Taxi und sprach den Herrn an.

„Hallo, guten Morgen, darf ich Sie einmal etwas fragen so früh am Tag?“

„Klar doch, schießen Sie los“, antwortete der Anwohner.

„Kennen Sie den jungen Mann? Wissen Sie vielleicht seinen Namen?“, stellte ich meine Fragen.

„Klar kenn ich den, das ist Cem Bremer, ein Deutschtürke. Was hat der Adonis denn nun wieder angestellt? Oder hat er Ihnen den Kerl ausgespannt?

Obwohl, die kennen sich schon länger, so seit August letzten Jahres taucht sein Lover hier regelmäßig auf."

Der Mann war sehr nett und wohl auch erfreut, dass ihm um diese Zeit jemand zuhörte. Er erzählte mir alles über diesen Cem Bremer, was ich wissen wollte. Der Mann, der sich als Ulli vorstellte, kannte Cem und seine Familie schon seit Jahren und wusste so gut wie alles, nur den Namen des Lovers, wie er ihn nannte, den kannte er nicht, was ihn offensichtlich wurmte, da Cem ihm sonst immer alles erzählte.

„Wo müssen Sie denn nun hin? Ich könnte Sie ein Stück mitnehmen", bot Ulli sich an.

Da ich mein Taxi fortgeschickt hatte, nahm ich das Angebot an. Ulli fuhr mich bis zur Reeperbahn, da er in der Nähe bei einem kunststoffverarbeitenden Betrieb in Schicht arbeitete.

*

Wieder in meinem Auto, auf dem Weg nach Fredenbeck, ließ ich das ganze nochmal Revue passieren. Ich kam zu dem Schluss, dass heute ein guter Tag war, fuhr den Wagen in meinen Carport und ging dann gleich ins Bett, um ordentlich auszuschlafen.

Dass daraus nichts wurde, dafür sorgte nach etwa zwei Stunden Schlaf Hellmuth, der seine Morgentoilette einforderte. Beim Gassi-Gang, der wie so oft in letzter Zeit im Regen stattfand, hatte ich dann die Muße, mich wieder in meinen Fall hinein zu denken, war doch eine Weile Stillstand im Recherche-Dschungel gewesen. Auch die Kriminalpolizei in Stade kam nicht weiter und war auf Hinweise aus der Bevölkerung angewiesen, um die Ermittlungen voranzubringen.

Ich nahm mir zunächst vor, KHK Schmittmeyer von meiner Entdeckung zu berichten, auch um noch Genaueres über Cem Bremer zu erfahren. Ich rief ihn an und wir verabredeten uns zum Frühstück beim Fredenbäcker, ein Bäckereifachgeschäft mit angeschlossenem Café.

*

Als ich das Café betrat, war der Hauptkommissar schon da. Er saß in einer Ecke auf der Bank und rührte in seinem Kaffee.

„Guten Morgen Uwe", begrüßte ich den Kriminalbeamten, „hast du schon Frühstück bestellt?"

„Nein, nein, ich wollte dir nicht vorgreifen. Bestell du bitte das Frühstück, ist dein Dorf, hier kennst du dich besser aus."

Ich ließ mich nicht lumpen und bestellte zweimal das große Frühstück mit Rührei und Speck, dazu als Extra für jeden eine Portion „Schweinemarmelade", so nennt man hier das Thüringer Mett.

Nachdem alles auf unserem Tisch stand, ließ ich die Katze aus dem Sack und erzählte von meiner bedeutenden Begegnung in Hamburg.

„Das ist ja mal ein Ding!“, kommentierte Schmittmeyer meine Geschichte, die ich natürlich spannend vorgetragen hatte.

„Ich möchte dich bitten, diesen Cem Bremer zu überprüfen. Ich kümmere mich um Josef Hitzelsberger, zu dem habe ich, denke ich, einen ganz guten Draht“, schlug ich vor. Uwe Schmittmeyer war da ganz bei mir und versprach, da er sich natürlich einiges von dieser Sache erhoffte, sofort mit der Überprüfung von Cem Bremer zu beginnen. Nach etwa eineinhalb Stunden reichhaltigem Frühstück verabschiedeten wir uns mit dem Versprechen, am Abend noch einmal zu telefonieren.

*

Da es aufgehört hatte zu regnen, ging ich zu Hause vorbei, holte Hellmuth ab und begab mich zu Fuß zum Hof Öhlberg, um noch einmal mit Josef zu sprechen. Nach einmaligem Klopfen öffnete Josef die Tür.

„Hallo, welch eine Überraschung, kommt doch herein“, begrüßte Jupp uns freundlich.

Ich folgte ihm ins Haus.

„Kaffee?“

Ich lehnte dankend ab, hatte ich doch gerade genug Kaffee beim Fredenbäcker getrunken. Ich bat um ein Glas Wasser und setzte mich auf den angebotenen Platz. Jupp schien gut drauf zu sein, also riskierte ich es und fiel gleich mit der Tür ins Haus.

„Josef, wie lange läuft das schon mit Cem Bremer und dir? Belüg mich jetzt nicht, ich habe gut recherchiert!"

Josef wich ob der Frage gleich zwei Schritte zurück und starrte mich verwirrt an.

„Wo, wie hast du das nun wieder herausgefunden? Wir haben doch so aufgepasst!"

Damit hatte er sich schon verraten, was er aber auch selbst bemerkte und danach in Schweigen verfiel.

„Schweigen bringt auch nichts! Ich habe schon eins und eins zusammengezählt: Du wolltest gar nicht mit nach Kanada, wolltest hier bei deinem Lover bleiben, und da habt ihr euch überlegt, Hubert um die Ecke zu bringen."

Josef schaute mich mit weit aufgerissenen Augen an: „Nein, nein, so war das nicht, das musst du mir glauben, bitte, ich kann das alles erklären."

„Ja, dann mal los! Aber ich habe weder die Zeit noch die Geduld, weiterhin deinen Lügengeschichten zuzuhören, also die Wahrheit bitte!"

Josef erklärte mir, dass er, als er aus Mailand von diesem Fotoworkshop zurückgekommen war, Hubert tot aufgefunden hatte. Weil er von Huberts Lebensversicherungsvertrag wusste, in dem unter anderem stand, dass eine Zahlung bei Selbsttötung ausgeschlossen war, und er nicht wusste, wie Hubert gestorben war, legte er ihn zunächst in die Kühltruhe im Keller.

„Dann war das mit dem Leichenfund nach drei Wochen also gelogen?"

Josef ging gar nicht auf meinen Einwand ein und berichtete weiter. Er hatte, nachdem er Hubert „kaltgestellt" hatte, gleich Kontakt mit van Schouten aufgenommen und eine Vorkaufrechtsprämie verlangt, die dieser auch gleich gezahlt hatte.

„Davon habe ich mir dann den Audi Q7 gekauft. Da van Schouten es sehr eilig mit dem Hof hatte, verlangte ich nochmals Hunderttausend vorab, die ich dann in Holland selbst abgeholt habe", berichtete Josef weiter.

„Später hatte Cem dann die Idee, Hubert nackt auf den Spargeldamm zu legen, um von einem möglichen Selbstmord abzulenken."

Ich viel ihm ins Wort: „Wie seid ihr darauf gekommen, dass es sich um Selbstmord handelt?"

„Da Hubert keine Feinde hatte und in der letzten Zeit vor der geplanten Auswanderung sehr melancholisch war, bin ich, als ich den Tropf mit dem Spargelwasser in seinem Oberschenkel sah, davon ausgegangen, dass Hubert sich selbst getötet hat."

„Hubert hatte einen Tropf im Oberschenkel?", fragte ich jetzt aufgeregt.

„Ja, als ich ihn gefunden habe, saß er in seinem Lieblingssessel, neben ihm stand ein Ständer, wie diese im Krankenhaus, und an dem hing ein Tropf, mit einem Rest von Spargelwasser."

„Hast du den Tropf noch?", fragte ich dazwischen.

„Ja, den habe ich in eine Plastiktüte gepackt und bewahrt. Fotos von Hubert habe ich auch gemacht, leider aber nur in Schwarz-Weiß."

Ich informierte sofort Uwe Schmittmeyer über die neue Lage. Dieser rückte dann auch gleich mit einem Team der Spurensicherung an und übernahm die weitere Vernehmung von Josef Hitzelsberger.

In der weiteren Vernehmung im Polizeigebäude in Stade berichtete Josef auch über den Tod von van Schouten. Als dieser immer mehr auf den Vertragsabschluss gedrängt, dann auch mit einer Anzeige gedroht hatte, ließ Josef ihn mit der Unterstützung einer Bekannten, deren Cousin Raducu Fierar war, von diesem ermorden. Beide kassierten dafür fünfzigtausend Euro.

Der Mord sei unumgänglich und eine logische Folge gewesen, so Josef, würde er doch in einer Versteigerung einen viel höheren Gewinn erzielen.

Josef kam in Untersuchungshaft, da er ja zu einem Mord angestiftet hatte. Die Bekannte, eine Helferin im Melkstand von Bauer Öhlberg, wurde verhaftet und dem Untersuchungsrichter vorgeführt, auch hier war von einer Untersuchungshaft auszugehen.

Den Tod von Hubert hatten wir damit aber immer noch nicht aufgeklärt. Jetzt mussten wir erst einmal die Auswertung der Spuren abwarten. Uwe Schmittmeyer versprach mir, mich umgehend zu informieren, wenn Ergebnisse vorlagen.

Da es noch früh am Tag war, fuhr ich, nachdem ich Hellmuth zu Hause abgeliefert hatte, zunächst nach Deinste zu Jost-Reinfried, um ihm von den neuesten Erkenntnissen zu berichten. Schließlich war er immer noch mein Auftraggeber und bezahlte die Aufklärungsarbeit.

„Hallo Bernd", begrüßte mich der Spargelbauer. „Hast du wieder Neuigkeiten für mich?"

„Ja, das kann man wohl sagen", machte ich ihn neugierig.

„Na, dann lass uns nach oben ins Büro gehen, hab da wieder so einen neuen Gin reinbekommen – Weltklasse, sag ich nur."

Nachdem wir den neuen Gin probiert hatten – es war wieder ein Feuerwerk für den Gaumen – weihte ich Jost-Reinfried in die neuen Erkenntnisse ein.

„Und wer hat nun Hubert umgebracht? Du musst das unbedingt herausbekommen, wer die Hofstelle nun bekommt, ist auch noch völlig offen, oder?"

Der Bauer erhöhte den Druck, sein Recht, bezahlte er ja das Ganze. Er wollte einfach vermeiden, dass das eine unendliche Geschichte wurde. Auch hatte er mittlerweile wohl Interesse an der Hofstelle. Er sprach das nicht offen aus, aber bevor ein Peruaner hier ein Konkurrenzunternehmen aufbaute, machte Jost-Reinfried es lieber selbst.

„Ich muss die Ergebnisse der Spurensicherung abwarten, gleichzeitig kümmere ich mich noch um diesen Cem Bremer. Irgendwie steckt der mit drin, das sagt mir mein Bauchgefühl. Ich denke, wir nähern uns dem Ziel mit großen Schritten."

Jost-Reinfried klopfte mir auf die Schulter.

Wir tranken noch einen Gin, dann machte ich mich wieder auf den Heimweg. Während unserer Unterhaltung war mir so eine Idee gekommen, der wollte ich gleich nachgehen.

Wieder zu Hause angekommen, packte ich meinen kleinen Tagesrucksack, Taschenlampe, Getränke, Power-Riegel und Leckerlies für Hellmuth. Meine Kopfleuchte hängte ich mir gleich um den Hals. Mit dem Mountainbike, Hellmuth am Springer, machte ich mich auf den Weg nach Lühnenspecken. Dort wollte ich mich auf die Lauer legen, denn wenn Cem Bremer und Josef Hitzelsberger die Sache gemeinsam geplant hatten, dann würde jetzt, nach der Verhaftung von Josef, Cem Bremer reagieren müssen. Ich stellte mich auf eine lange Nacht ein.

Ich wählte wieder den Hochstand der Jägerschaft. Von hier hatte ich den optimalen Überblick. Hinzu kam, dass heute Vollmond war. Nachdem ich in meinen alten Bundeswehrschlafsack geschlüpft war, lehnte ich mich zurück und wartete.

Durch den Vibrationsalarm meines Smartphones wurde ich aus meiner Konzentration gerissen – oder war ich eingedöst? Egal jetzt, ich nahm das Gespräch entgegen.

„Hier Uwe", meldete sich der Stader Kripomann, „wollte dir nur kurz Bescheid geben, die Schweizer haben sich gemeldet. Josef Hitzelsberger hat definitiv nichts, aber auch gar nichts in der Schweiz geerbt", meldete er kurz und knapp.

Das passt ins Bild, dachte ich mir, erklärte dem Kriminalhauptkommissar, wo ich war und warum ich mir etwas davon versprach. Dann bedankte ich mich für die Information.

„Sei bloß vorsichtig", sagte er besorgt.

„Mach ich, hab ja Hellmuth dabei", beruhigte ich ihn.

Nach dem Gespräch knabberte ich noch einen Power-Riegel und versorgte Hellmuth mit Leckerlies. Hellmuth hatte es sich auf seiner Decke unter dem Hochstand bequem gemacht. Ich kletterte nach oben, legte mein großes Nachtglas bereit und stieg wieder in den Schlafsack, wurde es doch schon kühl am Abend. Unweigerlich fiel mir ein Nachtgedicht ein, das ich in der Schule gelernt hatte:

Nacht ist schon hereingesunken,
Schließt sich heilig Stern an Stern,
Große Lichter, kleine Funken
Glitzern nah und glänzen fern;
Glitzern hier im See sich spiegelnd,
Glänzen droben klarer Nacht,
Tiefsten Ruhens Glück besiegelnd
Herrscht des Mondes volle Pracht.

Johann Wolfgang von Goethe

Irgendwann in der Nacht wurde ich durch ein leises Knurren von Hellmuth aus meinem Dämmerschlaf geholt. Ich war sofort hellwach, nahm das Nachtglas auf und suchte den Hof und die Umgegend systematisch ab.

Da! Ich sah zwei Personen, den Bewegungen nach zu urteilen, jung an Jahren, über die Hofmauer steigen. Sie hatten große Rucksäcke dabei und verteilten sich in verschiedene Richtungen.

Einen hatte ich im Blick, der andere bewegte sich im Schutz der Scheune. Ich sah, wie er zwei kleine Kanister aus seinem Rucksack nahm und begann, den Inhalt im Bereich des Wohnhauses zu verteilen. „Die wollen die Hofstelle anzünden!“, schoss es mir durch den Kopf. Das musste ich verhindern. Ich stieg schnell von meinem Hochstand herunter, rief Hellmuth, der unten schon aufgeregt wartete, ein knappes „Komm“ zu und machte mich auf den Weg zur Hofstelle.

„Uwe, ruf die Feuerwehr, die zünden hier den Hof an“, flüsterte ich in mein Smartphone, als ich den Kripomann endlich an der Strippe hatte.

„Mach ich! Sei vorsichtig“, mahnte er noch, dann hatte ich mein Telefon schon wieder eingesteckt.

Ich lief mit Hellmuth im Gefolge zum hinteren Tor. Es war nicht verschlossen, so kam ich relativ schnell voran. Auch der Vollmond half. So konnte ich mich, ohne Licht zu machen, fortbewegen.

In der Mitte des Hofes angekommen, brüllte ich: „Halt, was machen Sie da!?“

Die beiden Ertappten reagierten unterschiedlich: Während der eine sofort die Flucht ergriff, zündete der andere seelenruhig die Scheune an.

„Hellmuth! Fass!“, deutete ich in Richtung des Flüchtigen, und der Hund sprintete hinterher. Auf ihn konnte ich mich verlassen, da war ich mir sicher.

Nun machte sich auch der zweite Täter davon. Ich hinterher. Dass ich „etwas“ älter war als der Flüchtige, konnte man gut an dem wachsenden Vorsprung ablesen. Der Brandstifter verschwand in einem Waldstreifen. Ich hinterher, konnte ihn aber nicht sehen. Hin und wieder hörte ich knackendes Geäst, was mir die Richtung vorgab.

In der Ferne hörte ich die Fredenbecker Feuerwehr. Als absehbar war, dass ich konditionell nicht mehr in der Lage war, dem Täter zu folgen, brach ich die Hatz ab.

Ich ging zur Hofstelle zurück, und kurz vor meiner Ankunft hörte ich Hellmuths Gebell. Ich näherte mich dem Hund und sah, dass er mehr Glück gehabt hatte als ich: „Seinen“ Täter hatte er gestellt. Hellmuth stand zähnefletschend vor dem Mann, der offensichtlich versucht hatte, davon zu laufen. Er hatte schon die eine oder andere Bissverletzung. Da hat sich die Schutzhundeausbildung bei Toni doch gelohnt, dachte ich.

„Legen Sie sich auf den Bauch“, wies ich den Täter an. „Machen Sie keine Faxen, sonst lass ich den Hund los!“ Der Mann tat, was ich ihm gesagt hatte.

Nachdem ich seine Hände mit Kabelbinder (habe ich immer bei mir) gefesselt hatte, brachte ich ihn auf den Hof.

Hier hatte die Feuerwehr ganze Arbeit geleistet. Der Scheunenbrand war schnell gelöscht worden. Jetzt war die Feuerwehr dabei, den Brandbeschleuniger mittels Wasser so zu verdünnen und zu verteilen, dass keine Gefahr mehr von ihm ausgehen konnte.

„Bernd, da hast du wieder mal den richtigen Riecher gehabt", begrüßte mich Uwe, sichtlich erleichtert, dass mir nichts passiert war.

„Da ist noch ein zweiter Täter", erklärte ich Uwe, nachdem er meinen Gefangenen abführen ließ.

Ich telefonierte kurz mit der Trainerin der Mann-Trailer-Gruppe meiner Hundeschule. Sie organisierte schnell drei weitere ausgebildete Suchhunde und versprach, in etwa einer Viertelstunde bei uns zu sein.

Nach Ankunft der Mann-Trailer verteilten wir uns und starteten über die gesamte Breite des Waldstreifens, in dem ich den Brandstifter verloren hatte. Die Hatz begann, die Hunde suchten eine geraume Zeit, bis sie die Spur aufgenommen hatten, dann mussten wir uns sputen, ihnen zu folgen. Nach ungefähr einem Kilometer kamen wir an eine alte zugewachsene Sandgrube. Die Hunde wurden im Verhalten intensiver, was bedeutete, dass wir kurz vor dem Ziel waren.

Wir verteilten uns und gingen das Ganze von allen Seiten an. „Fund", meldete ein Mann-Trailer. Er hatte eine Sturmhaube gefunden, die der Täter offensichtlich verloren hatte.

Die Suche ging weiter. Plötzlich starkes Hundegebell, vermischt mit einem Hilferuf. „Fund", kam wieder die Meldung eines anderen Trailers.

Wir hatten den Täter! Er saß in einem Erdloch und zitterte wie Espenlaub angesichts so vieler Hunde.

„Stehen Sie langsam auf, heben Sie dabei die Hände über den Kopf und kommen Sie hier her." Die Anweisungen von KHK Schmittmeyer sollte der Brandstifter besser befolgen, hatte Schmittmeyer doch seine Waffe auf ihn gerichtet.

Zwei uniformierte Polizisten übernahmen den Täter und brachten ihn auf Weisung von Uwe Schmittmeyer nach Stade.

Wir bedankten uns bei den Trailer Teams für ihre schnelle Unterstützung. „Das war eine super Leistung und auch nicht ungefährlich. Wir wussten ja nicht, ob die Täter bewaffnet waren." Schmittmeyer versprach noch ein offizielles Dankeschön in Form einer Urkunde für die Hundeschule.

Da die Hofstelle offensichtlich abgebrannt werden sollte, um Spuren zu verwischen, telefonierte Uwe mit der Staatsanwaltschaft. Er wollte nochmal ein Team für eine erweiterte Spurenanalyse auf dem Hof haben. Der Staatsanwalt prüfte und rief nach kurzer Zeit zurück: „Morgen früh um neun Uhr rückt ein Spezialteam aus Hannover an. Aber wenn die nichts finden, können wir uns warm anziehen, kostet der

Einsatz der Spezialisten doch einiges an Steuergeldern."

Am nächsten Morgen trafen wir gleichzeitig mit den Spurenspezialisten aus Hannover an der Hofstelle von Hubert von der Ahe ein. Wir, das waren der leitende Oberstaatsanwalt Rohlfing, KHK Uwe Schmittmeyer mit seinen beiden Ermittlern, Hellmuth und ich.

„Sie sind also der Privatermittler Bernd Kühl", begrüßte mich der Oberstaatsanwalt freundlich. Immerhin hatte ich ja dazu beigetragen, dass es in dem festgefahrenen Mordfall wieder weiterging.

„Ja, so ist das, und das hier ist mein ständiger Begleiter, Hellmuth, ein Tamaskan-Rüde", stellte ich Hellmuth vor.

„Von dem habe ich ja schon die tollsten Geschichten gehört! Seien Sie froh, dass Sie so einen treuen Freund haben! Bei den Menschen kommt so etwas ja eher selten vor", sagte er und hockte sich zu Hellmuth herunter, um ihn zu tätscheln. Hellmuth ließ sich das, nach einem fragenden Blick zu mir, gerne gefallen.

„Obwohl", fuhr der Oberstaatsanwalt fort, „der Herr Schmittmeyer hat Sie wohl auch ins Herz geschlossen. Er hat sich heute Morgen sehr dafür eingesetzt, dass Sie jetzt dabei sein können. Denn das ist nicht üblich, eine absolute Ausnahme, wir verstehen uns da doch?"

„Ja, das ist mir schon bewusst. Aber vielleicht kann ich ein wenig unterstützen, habe ich doch das Umfeld von Hubert sehr intensiv recherchiert."

„Habe ich gehört, meinen Respekt! Aber nun an die Arbeit. Die Herren aus Hannover sind es gewohnt, dass man sie ... ich will nicht sagen hofiert, aber bevorzugt behandelt", sagte er mit einem Augenzwinkern und ging den LKA-Spezialisten entgegen.

Nach einer kurzen Einweisung legten diese dann gleich los. Auch sie hatten Hunde dabei, Drogenspürhunde sowie Leichenspürhunde. Ich konnte mir darauf keinen Reim machen. Vermuteten sie hier noch mehr Todesfälle?

Ich informierte mich bei Uwe Schmittmeyer, aber der beruhigte mich und erklärte mir, dass das zum Ermittlungsprocedere dazu gehöre, um nichts dem Zufall zu überlassen.

Da durch Josefs Aufräumarbeiten unzählige mögliche Spuren offensichtlich beseitigt worden waren, verlegten die Spurensicherer ihren Schwerpunkt in die Gebäude und in das nähere Umfeld der Hofstelle.

Unzählige uniformierte Bereitschaftspolizisten, die aus Lüneburg angereist waren, schwärmten aus und befragten jeden Anwohner im Umkreis von einem Kilometer nach möglichen Ereignissen im Umfeld der Hofstelle. Alles in allem waren gut und gerne sechzig Mann im Einsatz.

„Da hast du ja ordentlich was auf die Beine gestellt, in der kurzen Zeit", lobte ich den Kriminalhauptkommissar.

„Da hat die Unterstützung des leitenden Oberstaatsanwaltes natürlich auch etwas dazu beigetragen. Die stehen ja auch unter starkem Ermittlungsdruck, genauso wie wir", antwortete KHK Schmittmeyer.

Am Abend wurde die Aktion Punkt sechs Uhr beendet. Alle ermittlungsrelevanten Befragungsergebnisse wurden erfasst und sortiert, hinzu kamen nach Auswertung und Analyse noch die Ergebnisse der Forensik und die Auswertung der gefundenen DNA-Spuren.

Wir hatten einiges zusammengetragen, jetzt ging es an die Sisyphusarbeit, Relevantes zu erkennen, um den oder die Täter zu ermitteln. Zeitgleich zur Spurensuche in Lühnenspecken fand das Verhör der beiden Brandstifter in Stade bei der Kripo statt: Bei der Feststellung der Personalien stellte sich heraus, dass es sich um zwei Brüder, 18 und 20 Jahre alt, aus dem Hamburger Drogenmilieu handelte, die schon des Öfteren mit Beschaffungskriminalität in Verbindung gebracht worden waren. Die beiden waren nicht sehr gesprächig, aber die Aussicht auf einen längeren Aufenthalt in der Bremervörder Haftanstalt, in der sie vorübergehend im Gewahrsam waren, lockerte dann doch das Mundwerk. Sie berichteten, dass sie von einem jungen Mann – ihrer Beschreibung nach Cem Bremer – angeheuert worden waren, um die Hofstelle anzuzünden. Dazu passte auch eine Karte, die sie bei der Verhaftung bei sich führten, auf der der Hof von Hubert von der Ahe eingezeichnet war. Auch der relativ hohe Geldbetrag, den sie bei sich führten, ließ die Aussagen der beiden glaubwürdig erscheinen.

Die Fahndung nach Cem Bremer wurde eingeleitet und die Hamburger Polizei um Amtshilfe gebeten. Eine sofortige Durchsuchung der Wohnung von Cem Bremer verlief im ersten Ansatz erfolglos, der Mann war spurlos verschwunden. Aber die Hamburger Kollegen waren guter Hoffnung, dass sie ihn irgendwo im Milieu erwischen würden.

*

Auch Josef Hitzelsberger wurde nochmals in den Verhörraum geführt und nach seiner Beziehung zu Cem Bremer befragt. Kennengelernt hatten sich die beiden auf dem Stader Altstadtfest im Sommer 2016. Erst war es nur eine lockere Liaison, die aber, ausgehend von Cem Bremer, der sehr besitzergreifend zu sein schien, schnell zu einer festen Beziehung wurde.

Josefs Verhältnis zu Hubert von der Ahe war Cem Bremer zu diesem Zeitpunkt noch nicht bekannt. Davon erfuhr er erst, als die Auswanderung nach Kanada immer konkreter wurde und Josef nicht mehr umhinkam, es ihm zu sagen. Cem Bremer hatte sich zuerst sehr stark aufgeregt und wollte die Beziehung beenden. Doch als Cem all die Details kannte, ließ er Josef die Freiheit, sich selbst zu finden, in dem

Glauben, dieser würde sich dann schon für ihn, den Jüngeren, entscheiden. Das glaubte zumindest Josef Hitzelsberger.

Erst als Hubert ums Leben gekommen war, hatte Josef, der zunächst an Selbstmord gedacht hatte und mit Unterstützung von Cem Bremer alles wie Mord hatte aussehen lassen, einen ersten Verdacht. Denn Cem Bremer kannte sich, obwohl er angeblich noch nie auf der Hofstelle gewesen war, auf dem Anwesen sehr gut aus. Josef verwarf dann aber den Gedanken wieder, da Cem sehr desinteressiert an der ganzen Sache war.

Dass auf dem Hof Feuer gelegt werden sollte, konnte Josef Cem wohl zuordnen, hatte er ihn nach seiner Verhaftung doch angerufen. Cem Bremer hatte sehr empört reagiert und Josef empfohlen, nichts auszusagen, bis er einige „Sachen" geklärt hätte. Was er damit meinte, wusste Josef nicht, hatte aber nach eigener Aussage die Befürchtung, dass Cem Bremer etwas mit dem Tod von Hubert zu hatte.

Josef wurde wieder in seine Zelle gebracht, und wir warteten auf erste Ergebnisse der Spurensicherung. Eines wussten wir bereits durch Zeugenaussagen: Der Fünfer BMW, der mehrmals gesehen worden war, war von Bremer angemietet worden – ein Zeuge hatte sich das Kennzeichen aufgeschrieben.

*

Cem Bremer schlich im Schutze der Dunkelheit hinter den Holzhütten der Schrebergärten entlang, hetzte durch Buschwerk und kletterte über Zäune und Mauern, bis er das alte Gartenhaus seiner verstorbenen Großmutter erreichte. Schnell holte er den Schlüssel, der immer in einem alten Blecheimer unter der Gartenbank lag, schloss auf und verschwand, ohne Licht zu machen, im Innern des Hauses.

Das war knapp! Fast wäre er noch mit der Feuerwehr in Fredenbeck zusammengestoßen, als er von der Hofstelle abgehauen war. Er wollte doch nur schauen, ob diese beiden Schwachköpfe es hinbekamen, den Hof anzuzünden. Wo kam bloß dieser Kerl mit dem Hund her, vielleicht ein Jäger, dachte er.

Er hatte die Hoffnung, dass die beiden drogensüchtigen Brüder nicht in der Lage waren, ihn zu beschreiben, denn sie waren, als er mit ihnen gesprochen hatte, doch ziemlich bekifft. Als er an seiner Wohnung ankam und es überall von Polizei wimmelte, wusste er, dass es nicht an dem war und machte schnell die Biege zum Redder. Die Wahrscheinlichkeit, dass man ihn hier suchte, war sehr gering, da seine Oma schon lange tot war. Er hatte nur die Parzelle noch nicht gekündigt.

Cem Bremer legte sich erst einmal hin und überdachte seine Situation. Er war sich sicher, dass selbst Josef keine Ahnung hatte, dass er hinter dem Tod von Hubert steckte. Aber der Geldsegen durch Erbschaft, Verkauf und Versteigerung war schon sehr verlockend gewesen. Dass er dann schnell diesen genialen Plan hatte, darauf war er schon ein bisschen stolz – vor allem auch, weil Josef so gar nichts mitbekommen hatte und sogar der Annahme war, Hubert hätte sich selbst das Leben genommen.

Das Feuer sollte zuerst einmal von Josef ablenken, hatte der doch ein Alibi, denn er saß ja im Gefängnis. Restspuren, die eventuell auf den Mord hinwiesen, wären dann endgültig vernichtet worden, wobei er sich nicht vorstellen konnte, dass nach dem großen Reinemachen noch Spuren vorhanden waren – aber man konnte ja nie wissen.

Daraus war ja nun nichts geworden: Die Polizei war auf seiner Spur. Er sollte besser bald verschwinden, dachte er, aber ohne Geld und ohne Ziel war das schwer. Morgen früh wollte er einen Plan machen, das Verschwinden musste gut durchorganisiert sein.

Sechs Uhr: Cem Bremer war hellwach, sein Ziel stand jetzt fest. Er wollte in das Blockhaus nach Kanada, welches Hubert von der Ahe dort gekauft hatte. Die Anschrift hatte er in seiner Wohnung in Rahlstedt in einer Schublade im Sideboard liegen. Also musste er erst einmal dorthin und schauen, ob die Polizei noch vor Ort war. Sicher würden sie das Haus beobachten, dachte er sich, aber da hatte er so seine Tricks.

*

Sie standen nun schon seit fünf Stunden hier herum und beobachteten den Eingang „C“ des Hauses, in dem dieser flüchtige Cem Bremer wohnte. Bisher war nichts Besonderes vorgefallen. Das Spannendste war noch die Zeit, als alle zur Arbeit gingen, da war es schwer, den Überblick zu behalten. Aber alle waren aus dem Haus gekommen, niemand war hineingegangen, da waren sie sich fast sicher.

Bald kam die Ablösung, dann mussten sie noch ihren Bericht schreiben und konnten ihren verdienten Feierabend antreten. Sie schauten gerade einer aufgedonnerten Transe hinterher, die im Eingang „C“ verschwand. Amüsant war das schon, so eine Transe am helllichten Tag, hatte wohl spät Feierabend gemacht, frotzelten sie im Auto herum. Aber kurze Zeit später tauchte die Transe wieder am Eingang auf und stieg in ein Taxi, das gerade vorfuhr.

„Wohl doch noch keinen Feierabend“, stellte der Beifahrer des Observationsteams lakonisch fest. Dem gerade ausgesprochenen Gedanken nachhängend, schauten sich die beiden plötzlich an.

„Scheiße, los, lass uns nachsehen, das war bestimmt ...“ Sie sprachen nicht zu Ende.

„Tatsächlich, er war hier! Schau, das Polizeisiegel ist aufgeschlitzt“, stellte der eine Polizist fest, während der andere schon eine Meldung absetzte.

Während die Fahndung nach der Transe lief, hatte Cem Bremer schon lange das Taxi verlassen und war, nachdem er sich umgezogen hatte, vom Farmsener Bahnhof aus nach Jenfeld gefahren. Hier hatte Josef in einem Schließfach der Hamburger Sparkasse noch etwas von dem Geld, das er dem Holländer abgezockt hatte, deponiert.

Da Cem das Kennwort und auch den Schlüssel hatte (Josef hatte gedacht, dass es bei ihm sicherer sei als in Fredenbeck), leerte er das Fach bis auf den letzten Cent. 23.450 Euro: Das war zwar nicht das erhoffte Startkapital, aber besser als gar nichts.

Cem fuhr mit der S-Bahn nach Harburg und von dort mit der Bahn nach Lübeck. Am Check-In des Lübecker Flughafens ging alles glatt, er konnte die Kontrollen ohne Verzögerungen passieren. Auf dem Flug nach Frankfurt blieb er unbehelligt, auch die Kontrolle bei den Canadian Airlines machte keine Probleme.

Cem Bremer war etwas verwundert, hatte er doch damit gerechnet, dass die Flucht nicht gelingen würde, aber die Polizei suchte ihn wohl nur in Hamburg. Er lehnte sich entspannt zurück und hoffte, dass der Check-Out in Edmonton auch ohne Probleme verlaufen würde.

*

Kriminalhauptkommissar Uwe Schmittmeyer tobte! So viel Dummheit der Hamburger bei der Observation der Wohnung Bremer! Er hatte gerade von dem Missgeschick der Hamburger Kollegen gehört. Auch der leitende Oberstaatsanwalt war stinksauer.

„Wir waren so nah dran, und dann das! Das kann doch nicht wahr sein!“, schimpfte Schmittmeyer.

„Wir sollten die Fahndung auf die ganze Republik erweitern“, ließ sich der Oberstaatsanwalt ein.

„Wie? Erweitern? Läuft die Fahndung etwa nur in Hamburg und Niedersachsen? Das glaube ich jetzt nicht, wer hat denn den Blödsinn angeordnet?“

„Ich“, sagte der Oberstaatsanwalt etwas kleinlaut. „Dachte, so einer bleibt in seiner Stadt. Wo soll er sonst auch hin?“

„Ihr Wort in Gottes Gehörgang!“ Schmittmeyer war immer noch sehr ungehalten.

Der Oberstaatsanwalt verließ schnaufend das Büro, um sich um die erweiterte Fahndung zu kümmern. Der Kriminalhauptkommissar ließ Josef Hitzelsberger noch einmal in den Verhörraum bringen. Der musste jetzt unbedingt weiterhelfen.

„Also, Herr Hitzelsberger, wir haben ermittelt, dass Herr Cem Bremer versucht hat, den Hof von Hubert von der Ahe anzünden zu lassen“, eröffnete Schmittmeyer das Gespräch, „und bevor Sie jetzt etwas sagen: Cem Bremer ist auf der Flucht. Wir denken, dass er in den Mord von Herrn von der Ahe involviert ist. Die erweiterte Spurensicherung hat seine DNA an den Tropf-Utensilien gefunden, die Sie uns zur Verfügung gestellt haben, und Sie hatten uns ja versichert, dass Herr Bremer nichts von diesem Tropf wusste.“

Josef Hitzelsberger war geschockt, damit hatte er nicht gerechnet.

„Cem hat sich überhaupt nicht für Hubert interessiert, da war auch keine Eifersucht, nichts!“, versuchte er, sich selbst zu beruhigen.

„Werden Sie endlich wach, der hat Sie nach Strich und Faden ausgenutzt, wollte sich wahrscheinlich an den Gewinnen aus dem Erbe bereichern. Oder glauben Sie, dass sich ein so junger Mann aus der Stadt in einen Bauern vom Land verliebt, der dazu noch sein Vater sein könnte? Auf welchem Planeten leben Sie eigentlich?“, provozierte der Hauptkommissar.

Josef Hitzelsberger lief feuerrot an, beherrschte sich aber. Der Polizist hatte wahrscheinlich Recht: Cem hatte ihn ausgenutzt, betrogen und belogen – und er hatte das nicht wahrhaben wollen! Dabei hatte er schon länger Zweifel gehabt, ob die Liebesbeteuerungen von Cem Bremer wirklich echt waren.

„Ich habe ihm vertraut, er hat sogar Zugriff auf eines meiner Schließfächer bei der Hamburger Sparkasse. Ich denke, da er nie Bargeld hat, wird er dort versuchen, sich welches zu besorgen“, berichtete er.

„Welche Filiale und welches Schließfach?“ Schmittmeyer war aufgeregt. Sollte man Bremer doch noch erwischen?

„Die Schließfachnummer habe ich in meiner Geldbörse, die ist mir aber abgenommen worden.“

Schmittmeyer telefonierte mit der Aufnahmestelle für die Untersuchungshaft und ließ die Geldbörse bringen. Er informierte auch den Staatsanwalt, der sofort die Hamburger Kollegen nach Jenfeld in die Filiale der Hamburger Sparkasse schickte.

Aber zu spät: Bremer war schon vor drei Stunden dort gewesen und hatte alles mitgenommen. Das Schließfach war leer.

Hitzelsberger wurde wieder in seine Zelle gebracht. Er hatte auch keine Ideen mehr, wo Cem Bremer sein könnte.

Uwe Schmittmeyer schaute auf die Uhr. Es war schon vierzehn Uhr, sein Magen rebellierte vor Hunger. Er rief bei Bernd Kühl an, sie verabredeten sich im „Rammbock", einem Restaurant in der Altstadt von Stade.

Wir trafen uns eine halbe Stunde nach dem Telefongespräch und setzten uns unten in die hinterste Ecke, um in Ruhe sprechen zu können. Das „Rammbock" hat eine offene Stahl-Konstruktion über drei Etagen. Durch diese Offenheit litt die Akustik sehr, so dass ein entspanntes Gespräch in den oberen Gefilden kaum möglich war.

Nachdem wir uns beide ein ordentliches Steak bestellt hatten, berichtete Uwe von den neuesten Erkenntnissen.

„Schöner Mist", kommentierte ich das Ganze.

„Das kannst du wohl laut sagen, wenn ich nur wüsste, wo der hinwill! Hab da im Moment keine große Idee", stöhnte Uwe.

Während des Essens betrachtete ich die rustikale Dekoration des Hauses. Man hatte hier einige seltene Wein- und Champagner-Flaschen sehr dekorativ drapiert. Auch andere Flaschen waren in die Deko eingearbeitet, unter anderem eine leere Flasche „Canadian Club".

„Vielleicht will er ja nach Kanada", sagte ich, selbst nicht überzeugt von der Idee.

„Das wäre noch eine Möglichkeit", erwiderte Uwe, auch nicht gerade euphorisch. „Ich lass das mal überprüfen."

*

Am nächsten Morgen rief mich Uwe Schmittmeyer an und sagte mir am Telefon: „Der ist in Kanada. Du hattest Recht, er ist vor zwei Stunden in Edmonton gelandet. Da verliert sich seine Spur. Die Kanadier waren nicht sehr kooperativ", berichtete er. „Am liebsten würde ich selbst hinüberfliegen und mir den Kerl schnappen."

Uwe war sehr zerknirscht ob der neuen Situation.

Ich bat ihn, mir etwas Zeit zu lassen. Er hatte mich auf eine Idee gebracht, aber um die umsetzen zu können, musste ich erst einige Gespräche führen.

*

Cem Bremer war zufrieden: Auch am Check-Out in Edmonton war alles glatt gegangen. Nachdem er sich „kanadagerecht" eingekleidet hatte, bot sich die Möglichkeit, mit einer Propellerfrachtmaschine nach Yellowknife, seinem Zielflughafen, zu fliegen. Diesen Kontakt hatte er zufällig beim Einkaufen gemacht.

Das war schon eine wackelige Angelegenheit. Es war eine Frachtmaschine, eine De Havilland Canada DHC-7 Series 101. Sie kann Flughäfen mit kurzen Start- und Landebahnen anfliegen. Die Maschine war Baujahr 1978. Es war saukalt. Der Sitz des Frachtbegleiters hatte Ähnlichkeit mit einem schlechten Klappstuhl. Aber angesichts der Tatsache, dass er kein Ticket lösen musste, konnte er Spuren verwischen.

Der Ausblick war faszinierend: Im Westen, entlang der Grenze des Territoriums, waren die Gebirgszüge der Mackenzie Mountains zu sehen; sie bilden einen Teil der Rocky Mountains. Hier befinden sich waldreiche Flusstäler. Eine Karibu-Herde unvorstellbaren Ausmaßes zog durch diese wunderschöne Wildnis. Sie flogen in Richtung Norden, wo sich auch die Hauptstadt Yellowknife an der Einmündung des Yellowknife River befindet. Die Hauptstadt der kanadischen Nordwest-Territorien mit etwa 19.000 Einwohnern liegt am Nordufer, wo der Yellowknife River in die Yellowknife-Bucht mündet.

Nach zweieinhalb Stunden Flug kaufte er sich in Yellowknife einen alten Ford Pick-up und fuhr, nachdem er ein paar Lebensmittel eingekauft hatte, zunächst in Richtung Westen. Acht Stunden, so hatte man ihm gesagt, würde er aufgrund der teilweise sehr schlechten Straßenverhältnisse brauchen. Ihm war das recht. Die Chance, dass man ihn hier draußen fand, war schon gering. Und wenn etwas Gras über die Sache gewachsen war, wollte er sich neue Papiere und Arbeit besorgen.

Nach sieben Stunden sah er endlich das Blockhaus. Es lag an einem Seitenarm des Bighill Lake, etwa hundert Meter vom felsigen Steilufer entfernt auf einem kleinen Plateau. Das moderne Blockhaus hatte alles, was das Herz begehrte: Photovoltaik und eine Windkraftanlage für die Stromversorgung, eine Solaranlage für das warme Wasser. Es war voll eingerichtet für sechs Personen, mit allen modernen Haushaltsgeräten. Hi-Fi- und Sat-TV-Geräte der Extraklasse rundeten den guten ersten Eindruck ab.

Ja, der Hubert hatte sich schon ein Traumanwesen gekauft. Soweit Cem wusste, gehörte auch ein Gelände von 50.000 Quadratmeter dazu. Für die Kommunikation stand eine moderne Funkanlage zur Verfügung, aber von der wollte er erst einmal die Finger lassen, sollte ja niemand wissen, dass er hier jetzt lebte.

12. Kapitel
Zugriff

Ich hatte mich bei Jost-Reinfried in Deinste angekündigt, also empfing er mich auch sofort nach meiner Ankunft: „Erzähl schon, was ist passiert? Hast das Gespräch ja sehr dringend gemacht!“ Jost-Reinfried war sehr gespannt, was ich zu berichten hatte.

Ich erzählte ihm von den Verhaftungen, vom Feuer auf der Hofstelle hatte er schon von seinem Sohn erfahren, der mit der Reichster Freiwilligen Feuerwehr die Fredenbecker Wehr unterstützt hatte. Dann berichtete ich von meiner zufälligen Begegnung mit Josef und Cem Bremer in Hamburg und dass dieser Cem, der der Hauptverdächtige im Mordfall Hubert von der Ahe war, sich offensichtlich nach Kanada abgesetzt hatte.

„Ich verstehe, und jetzt willst du von mir das Go haben, um diesen Cem Bremer in Kanada aufzustöbern?“ Jost-Reinfried hatte den dringenden Anlass meines Besuches genau richtig interpretiert.

„Ja, da das über den normalen vereinbarten Kostenrahmen hinausgeht, brauche ich deine Zustimmung.“

„Kein Problem, aber das hätten wir auch am Telefon abmachen können, dann hättest du viel Zeit gespart.“

Ich erklärte ihm, dass ich erst einmal abwarten musste, was die Polizei ermitteln würde, welches Ziel dieser Cem denn hatte.

„Ich vermute, dass er in das Haus von Hubert will, das er in Kanada gekauft hat. Aber ich weiß nicht, wo das ist."

Der Spargelbauer verstand meinen Einwand: „Dazu muss die Kriminalpolizei zuerst einmal Josef Hitzelsberger befragen. Aber in der Zwischenzeit kann ich schon einmal nach Edmonton fliegen, um Zeit zu sparen, bevor die Spur kalt wird", fuhr ich fort.

„Nimm dir was Warmes mit, das ist dort eine Klimazone mit häufigem Wetterwechsel. Ich war da mal zum Fischen, musste mir richtig warme Klamotten zulegen, um das auszuhalten", gab er mir noch mit auf den Weg. Dann verabschiedete ich mich und fuhr zurück nach Fredenbeck.

Dort angekommen, machte ich erst einmal meine große Runde mit Hellmuth. Während der Tour telefonierte ich einige Freunde und Bekannte ab, um abzuklopfen, ob jemand Lust und Interesse daran hätte, Hellmuth ein bis zwei Wochen zu betreuen. Bei Michael wurde ich fündig: Er wollte unbedingt. Hellmuth und er hatten einen guten Draht zueinander. Michael kannte Hellmuth noch aus der Hundeschule.

Nachdem wir wieder zu Hause waren, packte ich alles, was ein Hund so für zwei Wochen braucht, in einen großen Korb. Kaum zwei Stunden später stand Michael vor der Tür, um Hellmuth abzuholen: „Prima, dass du so schnell eingesprungen bist", bedankte ich mich für seinen spontanen Einsatz.

„Das ist Ehrensache, würdest du ja auch für mich machen!"

Michael knuddelte gleich mit Hellmuth herum. Hellmuth war ganz aus dem Häuschen und ging ohne zu murren in die Box.

Ich brachte meine Recherchewand auf den aktuellen Stand und verpackte sie in einem meiner Koffer. Im Internet buchte ich einen Flug Hamburg-Frankfurt-Edmonton für den nächsten Morgen. Als alles gepackt war, rief ich bei Kriminalhauptkommissar Uwe Schmittmeyer an: „Hallo Uwe, habe eine gute Nachricht für dich: Ich fliege morgen früh nach Edmonton. Jost-Reinfried finanziert das Ganze", informierte ich Uwe über mein Ansinnen.

„Das ist mal was Positives", begeisterte er sich gleich für die Idee. „Und was machst du mit Hellmuth?", kam gleich die Frage nach dem Hund hinterher.

„Den habe ich in Obhut, in gute Hände gegeben. Die Impfungen für Kanada hätte er alle gehabt, aber er hätte da noch eine Quarantäne machen müssen, das ist zeitlich einfach nicht umzusetzen", beantwortete ich seine Frage.

Wir sprachen noch über Josef und sein kooperatives Verhalten. Die Anschrift vom Anwesen in Kanada hatte die Kripo aber schon über den Notar ermittelt. Uwe schickte sie mir via WhatsApp auf mein Smart Phone.

Uwe Schmittmeyer und die Staatsanwaltschaft waren dabei, mit einem Amtshilfe-Ersuchen bei den Kanadiern Unterstützung anzufordern. Uwe versprach, mich bei der kanadischen Polizei in Yellowknife anzukündigen. Wir verabschiedeten uns mit dem Versprechen, uns gegenseitig über Neuigkeiten aller Art zu informieren.

*

Der Flug nach Edmonton verlief ohne Komplikationen. Am Airport bekam ich gleich einen Anschlussflug nach Yellowknife bei einer kleinen heimischen Airline, nicht sehr komfortabel, es gab aber immerhin ein kleines Lunchpaket. Das erinnerte mich ein wenig an Air-Berlin zu Hause, nur war das Personal freundlicher.

Die Nordwest-Territorien sind ein Gebiet in Kanada, das im Gegensatz zu den Provinzen im Süden der kanadischen Bundesregierung direkt unterstellt ist.

Am Airport in Yellowknife wurde ich gleich von einem Staff Sergeant Major der ansässigen Royal Canadian Mounted Police in Empfang genommen. Zu Deutsch etwa „königliche kanadische berittene Polizei", umgangssprachliche Kurzbezeichnung Mounties. Das ist die nationale Polizei Kanadas, die im Auftrag der Provinzen und Territorien sowie vieler Gemeinden auch lokale Aufgaben wahrnimmt. Unterstellt ist die RCMP dem Ministerium für Öffentliche Sicherheit. Als kanadische Bundespolizei arbeitet die RCMP mit anderen Sicherheitsbehörden innerhalb des Landes, wie der Canada Border Services Agency sowie mit ausländischen Behörden eng zusammen.

Der Sergeant sicherte mir seine Hilfe zu, wenn ich denn den Täter gefunden hätte, unterstützen konnte er mich aufgrund von Personalmangel aber nicht. Er wies mich darauf hin, dass ich nur die gleichen Befugnisse hätte wie ein ganz normaler Tourist. Der Staff Sergeant Major gab mir noch seine Handynummer und war auch schon wieder weg.

Okay, dachte ich, da weiß ich ja, wo ich stehe. Ich mietete mir einen großen Landrover Defender mit Dachzelt, verlud mein Gepäck und machte mich auf die Suche nach dem Blockhaus.

Auf der Hälfte der Etappe hatte ich mir ein Bed and Breakfast reserviert, ich wollte ja nicht im Dunkeln beim Blockhaus ankommen.

Die Straßenverhältnisse waren, gelinde gesagt, miserabel, mal Highway, mal Schotterpiste. Zunächst ging es auf dem Frontier Trail, McKenzie Highway, Yellowknife Highway und dem National Trail 3N nach Südosten Richtung Idaa Road. Dann ging es auf dem Ingraham Trail weiter bis zur Abbiegung in Richtung Bighill Lake. Ab hier gab es, wenn überhaupt, nur ausgefahrene Hohlwege. Je näher ich an den Bighill Lake herankam, desto schlechter wurde es, so mein Eindruck.

Aus den veranschlagten fünf Stunden wurden dann auch sechs. Auf dem letzten Teilstück bis zur

Unterkunft kam selbst der Defender an seine Grenzen. Hinzu kam natürlich auch, dass sich meine Fahrkünste im Gelände beschränkt waren und nur auf vergangenen Zeiten bei der Bundeswehr zurückgingen.

Das Bed and Breakfast entpuppte sich als ein doppelstöckiges Blockhaus mit angeschlossener Gastronomie. Weil hier zwei Eigentümer agierten, konnte der eine vermieten und der andere seine Bar betreiben. Ich gönnte mir, wie in Kanada üblich, ein großes T-Bone-Steak mit Kartoffelspalten und Sourcream, dazu ein Budweiser aus der Flasche. Dann ging ich zu Bett. Dass das meine letzte ruhige Nacht für die nächsten Tage sein würde, konnte ich noch nicht wissen. Mit den Gedanken bei Hellmuth schlief ich ein.

*

Am nächsten Morgen – ich hatte wegen der opulenten Mahlzeit am Abend schlecht geschlafen – war ich viel zu spät dran. Im Bad und beim Frühstück brauchte ich heute länger und trödelte so vor mich hin. Wenn das heute mein Tempo werden sollte, dann hatte ich ja noch einen langen Tag vor mir, dachte ich, als ich meine Rechnung mit der Kreditkarte beglich.

Dann fuhr ich endlich weiter. Es regnete so stark, dass ein schnelles Vorwärtskommen nicht möglich war. Da das Gummi der Wischerblätter praktisch nicht vorhanden war, konnte man von guter Sicht nur träumen. Nach vier Stunden Regenfahrt klarte der Himmel auf. Ich war kurz vor meinem Ziel.

Mein Plan war, mir am gegenüberliegenden Ufer des Seitenarmes, an dem das Blockhaus stand, einen Stellplatz zu suchen, um das Anwesen von Hubert von der Ahe, getarnt als Angeltourist, observieren zu können.

Bei Google Earth hatte ich mir ein Bild von der Location gemacht und hoffte nun, dass ich das ausgedruckte Bild in der Natur wiedererkennen würde. Nach einer weiteren Stunde fand ich die ausgesuchte Stelle und stellte auch gleich fest, dass ich von hier aus nichts sehen konnte. Ich stieg aus und suchte zu Fuß nach einem geeigneteren Platz. Ich fand ein Plateau, etwas näher am sonst flachen Ufer.

Ich holte den Wagen und begann damit, das Dach-Zelt aufzustellen. Im Geschäft des Autovermieters hatte das ganz einfach ausgesehen, stellte sich dann aber recht kompliziert dar. Im letzten Tageslicht schaffte ich es dann doch noch und richtete mich häuslich ein.

Da ich einige Reservekanister dabeihatte, konnte ich mir den Luxus einer Standheizung erlauben, die auch das Zelt mit erwärmte. Es war um diese Jahreszeit doch recht kalt in Kanada.

*

Ich beobachtete schon seit geraumer Zeit das gegenüberliegende Anwesen mit meinem Nachtglas, konnte aber weder Licht noch andere Aktivitäten ausmachen. Die Entfernung betrug gut und gerne zweihundertfünfzig Meter Luftlinie. Das Blockhaus mit seinen Anbauten konnte ich gut einsehen. Hinzu kam, dass jetzt ein sternenklarer Himmel alles, in einem herrlichen Licht erscheinen ließ. Die Natur, so glaube ich, bringt immer noch das schönste Licht zustande. Diese Erfahrung hatte ich auch schon in der Fotografie gemacht. Künstliches Licht hat da keine Chance.

Da keine Aktivitäten auszumachen waren, legte ich mich schlafen. Der Schlaf war nicht von langer Dauer, gerade in der Tiefschlafphase angekommen, klopfte es. Jemand, ich hatte sein Kommen nicht bemerkt, rief: „Hello, someone there?“

Ich öffnete verschlafen das Dach-Zelt und erblickte einen Park Ranger in seiner traditionellen Uniform: „Are you here for fishing?“

Ich bejahte die Frage und zeigte meine in Yellowknife erworbene Lizenz vor. „Okay, Sir, the license is in order. But please secure your car with chocks so it can't move accidentally.“

Der Ranger blieb so lange am Auto stehen, bis ich mich aus meinen Schlafsack geschält hatte und die Sicherungskeile an Vorder- und Hinterrädern untergelegt hatte. Dann tippte er sich an die Hutkrempe und wünschte mir eine schöne Nacht.

Die Canadian Rangers sind ein Großverband der kanadischen Streitkräfte, der sich aus freiwilligen Teilzeit-Reservisten, vornehmlich Natives und Inuit, zusammensetzt und dessen Hauptauftrag die Überwachung der entlegenen Gebiete Kanadas ist.

Die Nacht war gelaufen. Ich kochte mir auf einem kleinen Gaskocher erst einmal einen starken Kaffee. Dazu gab es trockene dänische Haferkekse und ein gekochtes Ei, das ich noch von meinem Lunchpaket aus dem Flieger hatte.

Als am Bighill Lake dann die Sonne aufging, hatte ich Tränen in den Augen. So etwas Schönes hatte ich noch nie gesehen oder erlebt. Vor lauter Begeisterung vergaß ich sogar zu fotografieren. Ich genoss es einfach, saß da mit meinem Kaffeepott in den Händen und kam mir so klein vor in dieser wunderschönen großen Welt.

Nach einem Bad im See, das sehr kurz ausfiel, da die Wassertemperatur so geschätzte zwölf Grad hatte, und alle Lebensgeister weckte, beschloss ich, auf die tägliche Rasur zu verzichten. Schließlich war ich ja in Kanada, und da trägt man Bart!

Der Geruch von Feuer machte mich wieder aufmerksam. Mit meinem Fernglas erspähte ich eine kleine Rauchsäule aus dem Schornstein des gegenüberliegenden Anwesens. Ich holte meine Kamera mit dem 600er Objektiv und beobachtete das Blockhaus. Mit der Kamera hatte ich am Tag die bessere Sicht, und ich konnte alles beliebig heranzoomen.

Cem Bremer war also hier, mein Riecher hatte sich wieder einmal bestätigt. Ich baute meine Angelausrüstung auf, um, falls Bremer sein Umfeld beobachtete, wie ein Tourist auszusehen.

Gegen Mittag informierte ich Kriminalhauptkommissar Uwe Schmittmeyer. Mittlerweile hatte ich Cem Bremer auch gesehen und fotografiert. Uwe versprach, mit der Royal Canadian Mounted Police zu sprechen, um eine Verhaftung zu erreichen. Wegen der Zeitverschiebung waren dabei Verzögerungen nicht ausgeschlossen. Ich richtete mich auf eine weitere Nacht ein, beobachtete weiter, stellte aber fest, dass sich Cem Bremer, seinem Verhalten nach, sehr sicher fühlte.

Am Nachmittag kam dann aus Stade die Meldung, dass man sicher sei, dass Cem Bremer zumindest an dem Mord an Hubert von der Ahe beteiligt gewesen sei. Die Spezialisten aus Hannover hatten DNA von Bremer an mehreren Spurenträgern vom Tatort sowie auch vom Fundort des Toten identifiziert.

Mittlerweile hatte der leitende Oberstaatsanwalt einen internationalen Haftbefehl erwirkt. Aber die Kanadier waren sehr schwerfällig in der Umsetzung. Ich entschloss mich, selbst zum Headquarter der Royal Canadian Mounted Police in Yellowknife zu fahren, um dort vor Ort Überzeugungsarbeit zu leisten.

Schnell war alles zusammengeklappt – so ein Dach-Zelt war schon praktisch. Das Angelzeugs warf ich erst einmal so in den hinteren Fußraum. Meinen Müll entsorgte ich sehr akribisch, kostete es hier doch horrende Strafen, wenn man im Nationalpark gegen Umweltauflagen verstieß.

Nach einer guten dreiviertel Stunde war ich schon on the Road. Es lag wieder dieses beschwerliche Teilstück vor mir, welches auf der Herfahrt schon nicht für normale Autos tauglich war. Aber ich hatte ja den Geländewagen.

Nach fünf Stunden erreichte ich das Bed and Breakfast, in dem ich genächtigt hatte. Ich versuchte, von hier die Polizeistation telefonisch zu erreichen. Tatsächlich ging in Yellowknife ein Inspektor ans Telefon. Ich berichtete, dass ich den Gesuchten ausfindig gemacht habe und dass ich für die Festnahme jetzt die Unterstützung des Inspektors brauche.

Der Inspektor, der angeblich noch keine Order von seinem vorgesetzten Commissioner hatte, versprach, sich zu kümmern und mir einen Wagen mit zwei Staff Sergeant Majors zu schicken, die dann, sobald er Order hatte, die Verhaftung vornehmen sollten. Ich war natürlich nicht erbaut davon, dass ich warten musste. Aber so konnte ich noch einmal mit Kriminalhauptkommissar Schmittmeyer telefonieren.

„Ja, Schmittmeyer hier am Apparat", meldete sich mein Freund.

„Ich bin es, Bernd. Ich habe mit dem hiesigen Inspektor gesprochen, der will mir zwei Staff Sergeant

Major schicken. Die dann, wenn er das Go hat, die Verhaftung vornehmen sollen", berichtete ich kurz und knapp die neueste Lage. „Ich bin wieder zurückgefahren in dieses Bed and Breakfast, wo ich auf dem Hinweg übernachtet habe und warte auf das Duo, das da kommen soll", schloss ich den Bericht ab.

Uwe Schmittmeyer war heilfroh, dass ich nicht selbst zu Cem Bremer vorgegangen war. Allerdings hatte ich kurz mit dem Gedanken gespielt, aber das musste ich ihm ja nicht unbedingt auf die Nase binden.

„Bleib dort, bis die Sergeants ankommen, dann führst du sie zu Bremer. Aber halt dich zurück! Du hast dort keinerlei Befugnisse, noch weniger als bei uns."

Er war besorgt, das konnte man heraushören.

„Keine Sorge, ich bring sie hin, dann nehme ich mich komplett zurück, kennst mich doch", versuchte ich ihn zu beruhigen. „Eben, ich kenn dich zu genau", antwortete er knapp.

Wir verabschiedeten uns, mit dem Versprechen, bei einer Lageänderung wieder zu telefonieren.

*

Kurz vor Mitternacht, ich hatte gerade einmal drei Stunden geschlafen, da trafen die beiden Staff Sergeant Majors ein. Sie hatten unterwegs Order bekommen, die Verhaftung unmittelbar nach Ankunft durchzuführen.

Ich sah noch etwas zauselig aus, als ich mich den Sergeants vorstellte: „Bernd Kühl, Privatdetektiv", brachte ich verschlafen hervor.

„Ah, dann sind Sie unser Mann! Ziehen Sie sich warm an, es ist heute Nacht sehr kalt da draußen", sagte der ältere der beiden.

„Oh, Sie sprechen aber ein gutes Deutsch", sagte ich, überrascht von seinen Deutschkenntnissen.

„Meine Großeltern sind damals aus Deutschland nach Kanada ausgewandert, und es ist bei uns Tradition, dass wir die Sprache in der Familie aufrechterhalten", erklärte er mir. Er stellte sich in dem weiteren Gespräch als Olaf und seinen Mitstreiter als Robert vor. Dieser war etwas jünger, aber vom gleichen Rang.

„Wir möchten keine Zeit verlieren und noch heute Nacht losfahren, um den Gesuchten in aller Herrgottsfrühe im Schlaf zu überraschen", erörterte er seinen Plan.

„Das halte ich für sehr riskant, da die Wegstrecke doch schon wie eine Schlammpiste aussieht", warf ich ein. Aber es blieb dabei, wir fuhren nach einer großen Tasse Kaffee mitten in der Finsternis los. Ich war nun Wegweiser und saß vorn rechts im Police Car, einem Chevrolet Tahoe. Der Jüngere, Robert, fuhr, und Olaf trug die Verantwortung. So war zumindest mein Eindruck.

*

Cem Bremer hatte sich anfangs sehr wohl im Blockhaus gefühlt. Aber als seine Vorräte zur Neige gingen, musste er sich etwas überlegen. Er ging auf die Jagd. Weil er die Gewehre, die in einem Waffenschrank vorhanden waren, nicht benutzen konnte, legte er Schlingenfallen aus. Eine Anleitung hatte er in einem der unzähligen Jagdbücher in der Bibliothek des Hauses gefunden.

Und er hatte Glück: Ein junger Wapiti-Hirsch war ihm in die Falle gegangen. Aber was macht man mit so einem Tier, bevor man es essen kann? Er hatte keine Ahnung, war er doch ein Stadtmensch.

In einem Jagd-Buch fand er dann eine Anleitung, wie ein Tier ausgeweidet und wie man es in essbare Portionen zerlegt. Eine sehr blutige Angelegenheit, das war nun so gar nicht sein Ding. Bei Gelegenheit musste er sich wohl etwas anderes einfallen lassen. Zum Beispiel Einkaufen.

Am gegenüberliegenden Ufer hatte er einen Touristen ausgemacht, der dort angelte. Gerade als er sich nachts an dessen Wagen herangeschlichen hatte, um sich die Angelausrüstung „auszuleihen“, tauchte ein Canadian Ranger auf, und er musste sich wohl oder übel aus dem Staub machen.

Am nächsten Morgen war der Tourist dann weitergefahren. Cem grillte sich wieder Wapiti-Hirsch-Filets und aß dazu Reis und Bohnen. Ein Fisch wäre schon eine schöne Abwechslung gewesen, dachte er sich.

Am Abend begann es zu regnen. Cem Bremer setzte sich auf die Terrasse unter dem Vordach, einen großen Becher Tee mit Rum in den Händen, und dachte über sein verpfuschtes Leben nach. Das einlullende Geräusch des Regens, aber auch der Rum trug dazu bei, dass Cem auf der Terrasse, eingehüllt in eine dicke Wolldecke, einschlief.

Irgendwann am frühen Morgen, es war noch dunkel, hörte Cem Motorengeräusche. War das real, oder hatte er das nur geträumt? Cem war sofort hellwach, nun hörte er es deutlicher: Motorengeräusche. Und sie kamen immer näher.

Cem lief ins Haus. Er war noch ein bisschen benebelt. Hätte ich doch nicht so viel von dem Rum getrunken, dachte er noch. Er schnappte sich ein Gewehr und eine Schachtel Munition, zog sich wetterfest an und verließ erst einmal das Anwesen, nachdem er alles Licht gelöscht hatte.

In sicherer Entfernung hockte er sich hinter einen Felsvorsprung und wartete erst einmal ab, wer da mitten in der Nacht angefahren kam. Das ist doch der Park Ranger, dachte Cem einen Moment später, als er den Ranger am Haus erkannte. Der Ranger kontrollierte alle Fenster und Türen, setzte sich wieder in seinen Jeep und fuhr davon.

Der hat bestimmt Order, die nicht bewohnten Blockhäuser zu kontrollieren, dachte sich Cem und wollte gerade wieder zum Haus zurück, als ein weiteres Fahrzeug vorfuhr, das bei ihm alle Alarmglocken läuten ließ: RCMP stand auf der Fahrzugtür. „Shit", fluchte er nun. Hatten sie ihn am Haken? Aber so schnell wollte er nicht aufgeben.

Er zielte mit dem Jagdgewehr durch das Zielfernrohr auf das Fahrzeug. Hier half ihm ein eingebauter Restlichtverstärker sehr. Drei Personen saßen im Wagen, das konnte er gut ausmachen.

Urplötzlich wurde es gleißend hell. Cem feuerte vor Schreck gleich einen Schuss ab.

Der Staff Sergeant Major hatte seinen Suchscheinwerfer auf dem Fahrzeugdach eingeschaltet, um das Haus auszuleuchten. Durch den Restlichtverstärker wurde Cem dermaßen geblendet, dass er ein paar Minuten überhaupt nichts mehr erkennen konnte, nur rote Punkte.

Er kroch vom Felsen weg und versteckte sich im Unterholz.

*

Wir waren fast am Ziel, als uns ein Fahrzeug entgegenkam. Hatte Cem Bremer Lunte gerochen und wollte flüchten? Der Staff Sergeant Major schaltete kurz das Signallicht ein, um dem Entgegenkommenden zu signalisieren, dass er anhalten solle. Das andere Fahrzeug erwiderte das Signal mit seiner Lichtleiste. „Das ist der Canadian Ranger", die Erleichterung war Olaf anzumerken, als er das sagte.

Der Ranger hielt an, Robert und der Ranger hielten einen kleinen Smalltalk, wobei der Ranger berichtete, dass er gerade das Haus, zu dem wir wollten, kontrolliert habe, aber nichts Außergewöhnliches bemerkt hätte. Wir mussten uns beeilen, vielleicht hatte er Cem Bremer aufgeschreckt.

Als wir am Anwesen von Hubert von der Ahe ankamen, war nichts Außergewöhnliches festzustellen. Wir hatten uns gerade abgeschnallt, Olaf schaltete den Suchscheinwerfer auf dem Fahrzeugdach an, um das Umfeld abzusuchen, als ein Schuss die morgendliche Stille störte.

„Treffer, nichts wie raus!", rief Robert, und schon hatten wir alle blitzschnell das Fahrzeug verlassen.

Olaf hatte das Licht wieder gelöscht. Er fluchte: „Klassischer Anfängerfehler, hätte das Licht nicht anschalten sollen." Der linke Vorderreifen war getroffen und verlor Luft.

Wir hatten hinter einem großen Tisch aus Blockbohlen, den wir umgestürzt hatten, Deckung gefunden. „Das war knapp! Ich denke, wenn du das Licht nicht angemacht hättest, wäre einer von uns nicht mehr am Leben", sagte Robert in Richtung seines Partners. „Schätze, der hat einen Restlichtverstärker oder so etwas benutzt."

Da alles ruhig blieb, setzte Olaf einen Funkspruch an alle umliegenden Royal Canadian Mounted Police Stationen und an seinen Vorgesetzten ab und bat um Unterstützung. Der Commissioner sagte zu, dass ein Helikopter zur Unterstützung kommen würde, wenn das Wetter dies zuließe.

Wir, vorerst auf uns allein gestellt, warteten erst einmal den Sonnenaufgang ab, denn eine Verfolgung möglicher Spuren war bei der Dunkelheit noch nicht möglich. Ich sehnte Hellmuth herbei, dem war es egal, ob es dunkel oder hell war. Er hätte die Spur schon gefunden.

Eine Stunde später machten wir uns vorsichtig auf die Spurensuche. Cem war offensichtlich Hals über Kopf getürmt, hatte er doch all seine Papiere, Pass, Personalausweis sowie die Führerschein auf dem Tisch im Wohnzimmer liegen gelassen. Auch der Schlüssel seines Fahrzeuges war noch im Haus.

„Den haben wir knapp verfehlt", resümierte Olaf.

Er stellte die Papiere sicher und nahm auch das Gepäck von Cem in seine Obhut.

„Ich denke, wir sollten draußen vorsichtig den Ort suchen, von dem aus geschossen wurde. Herr Kühl, Sie bleiben bitte hier und weisen, wenn nötig, die nachfolgenden Mounties ein", wies er mich an.

Da ich nicht gerade erpicht darauf war, mir draußen eine Kugel einzufangen, fand ich den Plan nicht so schlecht. Hauptsache, der Bremer wurde gefasst.

„Okay, ich bleibe hier", nahm ich die Order an.

Die beiden Mounties verließen das Haus mit gezogener Waffe. Robert hatte außerdem ein automatisches Gewehr dabei. Nach etwa zehn Minuten hörte ich einen Gewehrschuss, kurz darauf einen Knall wie von einer Schrotflinte. Dann war es still, beängstigend still.

Kurz darauf hörte ich Robert rufen: „Help me!" Und da nur ich gemeint sein konnte, machte ich mich vorsichtig auf den Weg in seine Richtung.

Alles, was einigermaßen nach Deckung aussah, nutzte ich. Das hatte ich ja beim Militär gelernt. Nach etwa zweihundert Metern sah ich Robert, wie er am Boden hockte und sich um Olaf kümmerte, der offensichtlich verletzt war.

„Help me, Olaf is injured, we must take him to the house", rief er mir zu. Ich robbte zu ihm hin. Jetzt sah ich auch die Verletzungen: Olaf hatte eine Schrotladung in den Oberschenkel abbekommen. Er blutete stark, ich musste handeln, nahm Olaf in den Rautekgriff und machte mich rückwärts robbend mit ihm auf den Weg zum Haus. Als wir halbwegs Deckung hatten, wechselte ich ihn in den Gamstragegriff und verbrachte ihn schnell ins Haus.

Olaf war bei Bewusstsein, er stöhnte, hatte starken Schmerzen. Ich suchte den Erste-Hilfe-Kasten und stellte dabei fest, dass hier an alles gedacht war, das Haus war super mit medizinischer Hardware ausgestattet.

Ich schnitt Olaf die Hose auf, um an die Wunde zu kommen. Die Verletzung war nicht lebensbedrohlich, musste aber schnell ärztlich versorgt werden, denn das Schrotblei würde die Wunde entzünden, das war sicher.

Ich verband die Wunde mit einem strammen Verband, um die Blutungen zu stillen. Die Verletzungen waren nicht so tief, dass Venen oder Arterien verletzt waren, aber dennoch blutete es nicht unerheblich.

Olaf blieb während der ganzen Aktion stumm. Erst als alles verbunden war und ich ihm ein Mittel gegen die Schmerzen gegeben hatte, sagte er ein knappes Dankeschön. Er hatte einen Schock, das war offensichtlich. Ich wollte weiter auf ihn achtgeben, denn auch ein Schock kann lebensbedrohlich sein.

Nachdem ich Olaf so auf das Sofa gelegt hatte, dass seine Beine in Hochlage waren, kümmerte ich mich um die hauseigene Funkanlage. Olaf nannte mir die Frequenz seines Commissioners. Der Commissioner meldete sich persönlich. Ich schilderte ihm das Geschehene und, dass wir einen Sanitäter brauchten, um Olaf zum Arzt zu schaffen. Der Commissioner, der sich gerade im Helikopter auf dem Weg zu uns befand, versprach das Ganze zu veranlassen.

„Hello, are you here?“ Ich schrak hoch, wer war das?

Der Canadian Ranger.

Er kam ins Wohnzimmer, seine Waffe im Anschlag. Als er die Situation erfasst hatte, steckte er den Colt wieder zurück in den Holster. Er tauschte sich kurz mit Olaf aus, um dann wieder zu verschwinden. Er wollte Robert bei der weiteren Suche nach Cem Bremer unterstützen.

*

Cem erholte sich langsam. Als er wieder einigermaßen sehen konnte, wechselte er den Standort und beobachtete weiter das Anwesen. Offensichtlich durchsuchten sie gerade das Haus, draußen ließ sich keiner blicken. Nach etwa einer weiteren Stunde kamen zwei der Mounties aus dem Haus, einer hatte zusätzlich ein Gewehr dabei. Cem wartete auf seine Chance, die beiden kamen, immer auf Deckung bedacht näher, fanden die Stelle, von wo aus Cem geschossen hatte, und arbeiteten sich weiter vor. Genau in seine Richtung. Cem fackelte nicht lange, erfasste sein Ziel und schoss. Wieder überhastet, dachte er, denn er hatte nicht getroffen.

Er schoss noch einmal. Treffer! Er fiel nach hinten um – seine Waffe hatte einen so heftigen Rückstoß, dass es ihn glatt umwarf. Er hatte einen Drilling erwischt, das ist eine Waffe, mit der man Patronen und auch Schrot verschießen kann.

Cem kramte die Patronenschachtel, die er mitgenommen hatte, aus der Jackentasche. Er wollte nachladen, doch das ging nicht. In der Hektik der Flucht hatte er Patronen mit dem falschen Kaliber eingesteckt.

Cem warf die Waffe achtlos weg, lief einfach planlos in den Wald, um sich zu verstecken. Was sollte er nun noch machen? Außerdem war ihm kalt und er hatte unbändigen Hunger. Lange, das wusste er, würde er das nicht durchstehen. Er war ein Stadtmensch und nicht so abgehärtet wie ein Kanadier.

Dann hatte er eine Idee: Wenn die ihn hier suchten, konnte er doch zum Haus zurück. Er wartete, bis alles ruhig war, umging das Haus in einem weiten Bogen, bis es wieder in sein Sichtfeld kam.

Hier beobachtete er, wie der Park Ranger mit gezogenem Colt ins Haus ging, aber nach kurzer Zeit wieder hinauskam. Offensichtlich war keiner im Haus: Das war die Chance, auf die er gehofft hatte. Cem schlich sich zur hinteren Tür, die hatte er nicht abgeschlossen, weil das Schloss hakte.

Ich hatte gerade nach dem Verletzten geschaut, da war alles okay. Olaf war wohl durch das Schmerzmittel, das auch eine beruhigende Wirkung hatte, eingeschlafen. Auf dem Weg zur Toilette hörte ich ein leises Scharren. Ich hielt inne und lauschte in die Finsternis der hinteren Räume. Dann schlich ich mich vorsichtig auf allen Vieren in die hinteren Räume. Ein erneutes Scharren ließ meine Bewegungen einfrieren: Da war jemand!

Ich nahm mir ein Holz-Rohr, welches als Dekoration in einem Ständer im Flur stand, verhielt mich absolut still. Dann ein Schatten. Ich nahm all meine Kraft zusammen, schlug mit dem Holz-Rohr, das sich später als ein australisches Ditschiridu entpuppte, so fest zu, dass der Schatten geräuschlos zu Boden fiel. Ich hatte ihn erwischt, da war ich mir sicher.

Schnell machte ich Licht, bog dem am Boden liegenden bewusstlosen Cem Bremer die Arme auf den Rücken und fesselte ihn mit Kabelbindern, die ich, wie bereits erwähnt, immer bei mir trug. Cem Bremer hatte einen ordentlichen Schlag abbekommen. Ich zog ihn ins Wohnzimmer.

Olaf, der durch den Lärm wach geworden war, staunte nicht schlecht, als ich ihm erklärte, was passiert war und, dass dies der Gesuchte war.

Ich schüttete Bremer ein Glas Wasser ins Gesicht. Das weckte seine Lebensgeister, er fuhr hoch, stellte aber fest, dass das wohl das Ende war. Er setzte sich wieder hin und begann zu heulen. Das hatte mir noch gefehlt, erst morden und dann auf Mitleid machen! Bei mir kam er damit nicht durch.

Am Funk sagte ich allen an der Suche Beteiligten Bescheid. Robert und der Canadian Ranger tauchen alsbald bei uns im Haus auf, auch den Helikopter konnte man schon hören.

Der Commissioner bedankte sich bei mir für meinen Einsatz. Und auch, dass ich Olaf sanitätsdienstlich versorgt hatte, rechnete er mir hoch an und wollte das an die German Police, wie er sie nannte, weitergeben. Robert wies ihn darauf hin, dass ich ja kein Policeman sei, aber der Commissioner beharrte darauf, das weiterzugeben. Schaden kann das ja nicht, dachte ich.

Da noch keine Sanitäter vor Ort waren, wurde Olaf mit dem Commissioner im Helikopter ins nächste Klinikum geflogen. Wir, also Robert, Cem Bremer und ich, folgten im Police Car, nachdem wir den Reifen gewechselt hatten.

„Das hätte auch der Cem machen können, hat ihn ja auch zerschossen", sagte ich zu Robert.

„Then he would cry again", antwortete der lapidar.

Ich musste ihm Recht geben. Cem Bremer war völlig zusammengebrochen, saß lethargisch auf der Rückbank und heulte still in sich hinein.

Am Bed and Breakfast setzte Robert mich ab, ich stieg schnell in meinen Defender und folgte ihm nach Yellowknife. Dort nahm ich mir erst einmal ein Hotelzimmer und schlief mich richtig aus.

*

Am Morgen telefonierte ich mit Deutschland. Zuerst meldete ich meinem Auftraggeber Jost-Reinfried den Abschluss der Recherche. Dabei erfuhr ich, dass Jost-Reinfried den Hof von Hubert von der Ahe erwerben wollte. Der würde nun, wenn die Gerichte das genehmigten, vom Staat verkauft. Josef hatte durch den Mord seine Ansprüche an das Erbe verwirkt. Nach meiner Rückkehr wollten wir uns noch zu einem Abschlussgespräch treffen und alle Details noch einmal durchgehen.

Dann telefonierte ich mit meinem Freund Uwe Schmittmeyer in Stade.

„Hallo Uwe, ich bin es, Bernd. Wir haben ihn, alles ist vorbei!"

Die Erleichterung war mir wohl anzuhören.

„Das habt ihr prima gemacht. Hatte schon einen

Anruf aus Hannover und vom leitenden Oberstaatsanwalt", lobte er den Einsatz.

Ich berichtete ihm von der Verhaftung und den Umständen, warum ich nun doch mitgemischt hatte.

„Dass du da die Füße stillhalten würdest, konnte ich mir auch nicht vorstellen", war sein ganzer Kommentar zu meiner Geschichte.

Da Cem Bremer einen kanadischen Gesetzeshüter angeschossen hatte, wurde das zuerst in Kanada verhandelt, dann sollte Cem Bremer nach Deutschland überführt werden, um dort seine gerechte Strafe zu erhalten.

Für mich war dieser Fall, der mein erster war, hier beendet.

Im Nachgang: Gedanken zum Hund

„Wenn ein Hund nicht auf Sie zulaufen mag, nachdem er Ihnen ins Gesicht geblickt hat, sollten Sie nach Hause gehen und Ihr Gewissen überprüfen."

Thomas Woodrow Wilson (1856-1924), US-amerikanischer Präsident und Nobelpreisträger

„sage & schreibe“
Buxtehuder schreiben über Buxtehude(r)

Geschichte und Geschichten aus und um Buxtehude, hrsg. v. d. Buxtehuder Autorinnengruppe „sage & schreibe“....

Paperback, 228 S., ISBN: 978-3-938097-48-9

Peter von Allwörden
Leben zwischen Elbe und Oste

Unter dem Motto „Wir zeigen Ihnen die schönsten Seiten unserer Region“ hat Herausgeber und Autor Peter von Allwörden ein buntes Kompendium zusammengestellt, das für Einheimische ebenso interessant ist wie für Ausflügler und Touristen, die die Region kennenlernen wollen.

Hardcover, 160 S., ISBN: 978-3-938097-47-2

Krimis aus dem Norden

im MCE-Verlag

Jan Jacobsen
Der Tod der Präsidentin

Die Präsidentin des Hamburger Landgerichts ist tot. Unter Verdacht: ein Richterkollege und die Staatsrätin der Hamburger Justizbehörde. Parallel dazu bekommt einer der Ermittler einen Fall auf den Tisch, der sein Leben durcheinander wirbelt. Die Tochter seiner Jugendliebe ...

Paperback, 149 S., ISBN: 978-3-938097-51-9

www.mce-verlag.de

MCE KRIMI

Krimis aus dem Norden

im MCE-Verlag

Peter Eckmann
Die Chemie stimmt

Ein großer Chemiekonzern aus den USA errichtet bei Stade ein neues Werk. Viele Besitzer der Ländereien in dem kleinen kehdinger Dorf Bützfleth werden Millionäre. Das plötzliche Verschwinden eines Obstbauern überschattet die Freude über den neuerlichen Reichtum …

Paperback, 315 S., ISBN: 978-3-938097-50-2

Monika Heil
Tatort Unterelbe

Die zwölf kurzen Kriminalerzählungen der Stader Autorin drehen sich meist um Beziehungsdramen, Eifersucht und Verletzungen, die zu Mord- und Rachegedanken führen. Dabei wird in der Regel in aller Stille gemordet – ohne spektakuläre Aktionen oder Schießereien …

Paperback, 234 S., ISBN: 978-3-938097-49-6

Michael Romahn
Mörderische Geest

In einer regnerischen Nacht kommt bei einem Autounfall Miriam Erdmann ums Leben. Ihre Tochter Sabrina ist seitdem an den Rollstuhl gefesselt. Fast fünf Jahre später wird bei Harsefeld die skelettierte Leiche von Barbara Schulte gefunden. Die Ermittlungen der Kripo Stade bleiben zunächst erfolglos …

Paperback, 315 S., ISBN: 978-3-938097-3

www.mce-verlag.de

MCE KRIMI

Krimis aus dem Norden

im MCE-Verlag

Wolfgang Röhl
Brand Marken

Deutschland 2020. Eine Terrororganisation, die für Tierrechte über Menschenleichen geht, hat die Republik in den Ausnahmezustand gebombt. Zufällig kommt der Redenschreiber Max Michelsen einer Gruppe auf die Spur. Sind es Gegner der umstrittenen Flussvertiefung oder Kader der mörderischen „Animal Liberation Front"?

Paperback, 185 S., ISBN: 978-3-938097-36-6

Wolfgang Röhl
Straßenkampf

Der Kampf gegen ein Autobahnprojekt endet tödlich. Der Kopf einer Bürgerinitiative gegen die Schnellstraße wird schwerverletzt am Straßenrand aufgefunden – offensichtlich angefahren. Bei den Ermittlungen kommt es zu allerlei Verwicklungen und am Ende zu dramatischen Verfolgungsjagd.

Paperback, 203 S., ISBN: 978-3-938097-23-6

Wolfgang Röhl
Im Norden stürmische Winde

Aufruhr in Söderfleth, einem Dorf in Norddeutschland: Eine skrupellose Windenergie-Firma plant einen Windpark. Das Dorf ist gespalten. Eine Bürgerinitiative macht gegen den Windpark mobil, und bald geschehen merkwürdige Dinge. Mithilfe des legendären Wachtelkönigs wollen die Protestler das Windparkprojekt kippen ...

Paperback, 192 S., ISBN 978-3-938097-11-3

MCE KRIMI

www.mce-verlag.de